会　讲　故　事　的　童　书

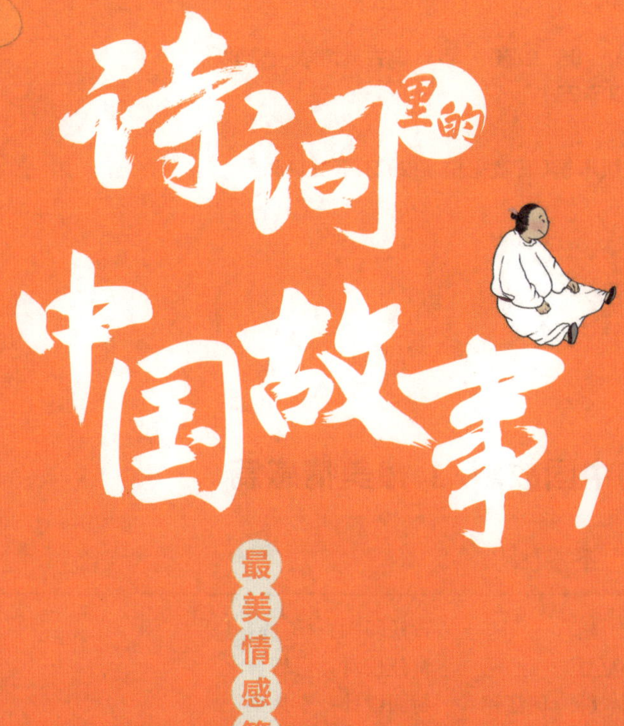

诗词里的中国故事 1

最美情感篇

瞳木 著

文化发展出版社
Cultural Development Press
·北京·

图书在版编目（CIP）数据

诗词里的中国故事. 1，最美情感篇 / 瞳木著
. —北京 ：文化发展出版社，2023.12
ISBN 978-7-5142-3949-2

Ⅰ. ①诗… Ⅱ. ①瞳… Ⅲ. ①古典诗歌－诗歌欣赏－中国 Ⅳ. ①I207.22

中国国家版本馆CIP数据核字(2023)第211156号

诗词里的中国故事. 1 最美情感篇

著　　者：瞳　木

出 版 人：宋　娜　　　　责任印制：杨　骏
责任编辑：孙豆豆　　　　责任校对：岳智勇
特约编辑：胡　峰　何江铭　　封面设计：李果果
出版发行：文化发展出版社（北京市翠微路2号 邮编：100036）
网　　址：www.wenhuafazhan.com
经　　销：全国新华书店
印　　刷：河北朗祥印刷有限公司

开　　本：880mm × 1230mm　1/16
字　　数：100千字
印　　张：10
版　　次：2023年12月第1版
印　　次：2023年12月第1次印刷

定　　价：198.00元（全4册）
I S B N：978-7-5142-3949-2

◆　如有印装质量问题，请电话联系：010-68567015

目录

辑 一

但愿人长久，千里共婵娟

辑 二

海内存知己，
天涯若比邻

辑 三

晚来天欲雪，能饮一杯无

辑 四

两情若是久长时，又岂在朝朝暮暮

辑一 但愿人长久，千里共婵娟

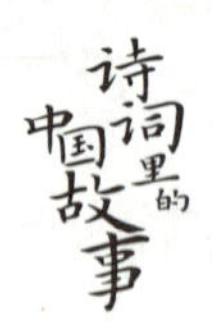

水调歌头·明月几时有

宋·苏轼

丙辰中秋，欢饮达旦，大醉，作此篇，兼怀子由①。

明月几时有？把酒问青天。不知天上宫阙②，今夕是何年。我欲乘风归去，又恐琼楼玉宇③，高处不胜④寒。起舞弄清影，何似在人间。

转朱阁，低绮户，照无眠。不应有恨，何事长向别时圆？人有悲欢离合，月有阴晴圆缺，此事古难全。但愿人长久，千里共婵娟⑤。

注音注释

① 子由：苏辙，字子由，为苏轼之弟。

② 天上宫阙（què）：指月亮上的宫殿。

③ 琼楼玉宇：美玉砌盖而成的楼，这里指仙宫。

④ 胜：承受。

⑤ 婵娟：月亮。

原文翻译

丙辰年的中秋节，通宵喝酒直到天亮，大醉，写下这篇文章，同时怀念弟弟子由。

像这么明亮的月儿时能有？我拿着酒杯遥问苍天。不知道天上的宫阙，现在又是什么日子。我想乘风到天上去看一看，又担心仙宫太高，我经受不住寒冷。翩翩起舞，看着月光下自己的影子，月宫哪里比得上人间呢！

月儿移动，转过了朱红的楼阁，低低地挂在雕花的窗户上，照着失眠的人。明月不应该对人们有什么怨恨吧，可为什么总是在人们离别之时才圆呢？人生本就有悲欢离合，月儿常有阴晴圆缺，若是想要人团圆，月亮正好也圆，这样的好事自古就难以两全。只希望这世上所有人都能平安长寿，即使相隔千里也能共赏明月。

手足情义深，千里共婵娟

丙辰中秋，即宋神宗熙宁九年（1076），苏轼望着天空中高悬的明月，通宵畅饮，一直到天亮。他举杯问苍天，想象着自己飞上月宫的情景，看着朱红色的楼阁和雕花窗户，不由得想起自己的弟弟苏辙。

苏轼与苏辙都非常有才华，他们曾一同进士及第，彼时苏轼二十岁，苏辙才十九岁。两个人虽为兄弟，但性格迥异，苏辙沉稳老练，而苏轼却豪放不羁，时常写诗直言极谏，结果得罪了不少人。

苏轼与王安石政见不同，索性自求外放，辗转到各地为官。苏轼与弟弟的感情深厚，他曾经申请调任到离苏辙比较近的地方当官，希望与弟弟经常相聚。虽然这个愿望很难实现，但每到一个地方，苏轼都会给弟弟写信，讲述自己的所见所闻。

此时此刻，望着天上的明月，苏轼感慨万千。距离上次与苏辙相聚，已有七年。整整七年啊！苏轼的心中早已积攒了无尽的思念之情。

苏轼向明月高举酒杯，喃喃地问道："明月不应该对人们有什么怨恨吧？为什么偏偏总在我们离别的时候才圆呢？"可是月亮只是静静地望着他，尽情地把清辉泼洒在大地上。

此时，苏辙应该也在欣赏同一轮明月吧？苏轼有些醉了，他披上衣裳，微微闭上眼睛，回忆着与弟弟在一起的美好时光，嘴角不知不觉地上扬。

他知道，人生就像这月亮一般，不会总是完美无缺，只能期待未来与弟弟苏辙再相见的情景，默默地祈盼世界上所有人都能平安喜乐。

百科小贴士

作者

苏轼（1037—1101），字子瞻、和仲，号铁冠道人、东坡居士，世称苏东坡、苏仙，是北宋著名的文学家、书法家、画家。他诗词书画样样精通，并且善写散文，且取得了较高的成就。他写文章恣肆潇洒，与韩愈、柳宗元和欧阳修合称"千古文章四大家"；在诗歌上，他取材广泛，善用夸张、比喻的手法创作，与黄庭坚并称"苏黄"；在词

上，他风格豪放，与辛弃疾并称“苏辛”；在绘画上，他善于绘墨竹、怪石、枯木。苏轼可谓是多才多艺。

苏轼与苏辙的手足情

苏轼和苏辙两人曾约定，年老之后辞官，寻一静处共度余生，二人“对床夜雨听萧瑟”，谈情论诗，饮酒对歌。但这一愿望并没有实现，苏辙甚至都没有见到苏轼的最后一面。不过，苏辙病逝之后，也葬在了苏轼墓旁。从某种意义上来说，这也算是履行之前二人的约定。

写作小技巧

在大自然的景物中，月亮最具有浪漫主义色彩。一钩新月，可联想到初生的事物；一轮满月，可联想到团圆生活；月亮的皎洁，让人联想到光明磊落的品格……在写作过程中，可以借助月亮这个意象突出鲜明的主题。

九月九日[1]忆山东兄弟

唐 · 王维

独在异乡[2]为异客，每逢佳节倍思亲。

遥知兄弟登高处，遍插茱萸少一人。

注音注释

① 九月九日：这一天为重阳节。

② 异乡：他乡。

原文翻译

独自流落他乡，每逢节日便格外思念亲人。兄弟们今日登高望远，在头上佩戴茱萸的时候，唯独少了我一个人。

诗词故事

九九又重阳，登高思乡忙

九月重阳，天高云淡，秋风送爽。今天真是个好天气！王维推开房门，看到大家三五成群，佩戴茱萸，手里拿着酒，正说说笑笑地往山

上走去。

可王维并没有被周围欢乐的气氛所感染。唐玄宗开元年间（713—741），十五岁的王维怀着满腔抱负来到长安“找工作”，如今他十七岁，不知不觉已过去两年！作为山西永济人，他的兄弟姐妹都在华山东边，也就是“山东”，而他自己则独自漂泊在洛阳与长安之间，身在异乡，无论是气候还是饮食都有些不适应。

最重要的是，他的身边没有一个亲人。王维九岁时，父亲王处廉就因病去世，母亲崔氏对他悉心教导，不但教他画画，还教他读佛经。王维排行老大，有四个弟弟和一个妹妹。其中，他与弟弟王缙的关系特别亲密。如今看到别人欢声笑语，自己的心里怎能不思念亲人？

突然，这些登山者跟自己兄弟们的容貌重叠在一起，面前的山变成了故乡的山，水变成了故乡的水，人变成了自己的兄弟。他看到兄弟们携手登山，一边欣赏着盛开的菊花，一边轮流品尝今年新酿的酒，脸上露出幸福的笑容。

王维数了数人数，似乎还缺少一个人，是谁呢？突然，他反应过来，心里满是悲凉——缺少的恰恰就是自己啊！

这时，他似乎听到兄弟们感慨：“若是大哥同我们一起就好了，每年就数他插的茱萸最多。”“是啊，也不知道他在异乡能不能住得惯。”……

想到这里，王维的眼睛湿润了，他看着远去的背影，心里像打翻了五味瓶，不知是什么滋味。他想提笔给家人写信，但一时之间不知从何说起，只得拿起一支茱萸插在身上，心中默念：兄弟，祝好！

作者

王维（701？—761），字摩诘，号摩诘居士，有“诗佛”之称。今存诗四百余首，诗作有《相思》《山居秋暝》等。苏轼这样评价王维：“味摩诘之诗，诗中有画；观摩诘之画，画中有诗。”

茱萸

茱萸，又名“越椒”“艾子”，果实红色，为椭圆形，具有一定的药用价值，可用于杀菌、消毒、祛风寒。因此，每到重阳节，人们流行在头上插茱萸或佩戴茱萸囊，以避灾祛邪。

写作小技巧

最后两句，诗人遥想兄弟们在重阳佳节登上高山，头上插着茱萸，发现少了一个人——亲人们肯定会思念我的。站在对方角度表达自己思乡之情的写作手法十分委婉含蓄。

游子吟

唐 · 孟郊

慈母手中线，游子①身上衣。
临行密密缝，意恐②迟迟归。
谁言寸草③心，报得三春晖④。

注音注释

① 游子：外出旅居的人。

② 意恐：担心。

③ 寸草：小草。此处喻指子女。

④ 三春晖：春天的阳光。此处喻指母爱。

原文翻译

慈祥的母亲手里拿着针和线，为即将远游的孩子缝制衣服。临行前一针针密密地缝着，担心孩子此去难得回来。谁说像小草那样微弱的孝心，能报答得了春日阳光般的慈母恩情？

“寸草心”难报“三春晖”

唐代有位叫孟郊的诗人，一生在外努力打拼，年轻的时候两次参加科举考试都没有成功，好不容易在四十六岁那年中了进士。

进士及第后，孟郊高兴极了，挥笔写下一首《登科后》：“昔日龌龊不足夸，今朝放荡思无涯。春风得意马蹄疾，一日看尽长安花。”这就是“春风得意”与“走马观花”两个成语的由来，从中也能看出他有多高兴！

五十岁那年，孟郊当上了溧阳县尉。虽然这只是个小官，但孟郊总算不用再颠沛流离了。

孟郊将母亲接来同住，母亲早已白发苍苍，满脸皱纹。孟郊一看见母亲，不禁热泪盈眶，想起了每次离家前，与母亲分别的场景……

寒冬时节，北风呼啸。在一座破旧的小茅屋里，孟郊正在收拾出行的物品。

“儿呀！你在外面可要照顾好自己，时常写信回家，好让娘放心啊！”一想起儿子要离开自己，母亲的眼泪便如雨珠般滚落下来。

孟郊紧紧握住母亲的手，眼里也闪烁着泪花，他多么想留在家里陪伴母亲！可是他家境贫寒，必须通过努力改变命运，报答母亲的养育之恩，让母亲不再为了生计而奔走劳碌。

晚上，孟郊睡着了。母亲拿起孟郊破旧的衣服，借着昏暗的烛光，一针一线地缝了起来。她担心衣服漏风害孟郊受寒，所以针脚缝得格

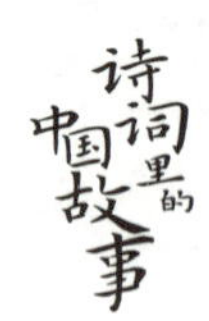

外密实，又担心时间紧迫，来不及把破损的衣物全部缝好，所以她飞针走线，一刻也不肯休息……

“哎哟！”母亲的手被扎破了，手指上沁出了血珠。她胡乱一擦，便继续缝补衣裳，心里想：儿子这一次出门，不知道何时才能回来，必须得抓紧缝好，不能耽误了孩子出发！孟郊睡意蒙眬地睁开双眼，看到母亲忙碌的身影，不禁流下了滚滚热泪。

早晨，孟郊醒来，发现自己所有的衣服已经全部缝好，叠放得整整齐齐。他“扑通”一声跪在母亲面前，眼含热泪说：“母亲，您要保重身体！”

此时此刻，孟郊看着已经苍老的母亲，感慨道：“世态炎凉，唯有亲情最可贵啊！”说完，便写下了一首发自肺腑、感人至深的《游子吟》。

作者

孟郊（751—814），字东野，唐代著名诗人，有“诗囚”之称，又与贾岛齐名，人称“郊寒岛瘦”。他有五百多首诗歌流传至今，其中，最为有名的是《游子吟》。

三春

旧称农历正月为孟春，二月为仲春，三月为季春，合称“三春”。汉朝班固的《终南山赋》中说：“三春之季，孟夏之初，天气肃清，周览八隅。”刘大白的《春尽了》一诗中说：“算三春尽了，总应该留得春痕多少。”

写作小技巧

可将小草比喻子女，用春天灿烂的阳光比喻慈母之恩，形容母爱如春天温暖、和煦的阳光照耀着子女。

秋思

唐·张籍

洛阳城里见秋风，欲作家书意万重。

复恐①匆匆说不尽，行人②临发又开封③。

注音注释

① 复恐：又怕。

② 行人：指送信者。

③ 开封：拆开已封好的书信。

原文翻译

洛阳城里刮起了秋风，想写封家书，心中情感有千万重。恐怕时间匆忙有什么没有写到，在送信之人即将出发前再次拆开信封检查。

洛阳城里的秋思

秋风萧瑟，地上布满了黄叶。张籍一推开门，便感受到了洛阳城浓浓的秋意。

大概在二十六岁时，张籍第一次到长安谋求出仕。由于他在京城没有亲朋好友，过得十分不顺。幸运的是，他在长安遇到了孟郊。孟郊后来考中进士，又把他推荐给了韩愈当门生。韩愈非常赞赏张籍的才华。

后来，张籍顺利通过几场考试，可以去长安当官了，但只被任命为一个管神主牌位的九品官，工资还特别低。好在张籍运气不错，在韩愈的举荐下，成为国子博士，迁水部员外郎（从五品），随后又升至主客郎中（五品），在东都洛阳就职。

客居洛阳城，张籍自然有很多地方还不太习惯。他想起在家乡的时候，一家人相聚在一起，谈论着近期的趣事，憧憬着美好的未来，多么幸福的时光呀！

想到这里，张籍便坐在桌前，铺纸研墨，打算写一封信寄给家人。提笔的时候，他却犹豫了——从哪里写起呢？最近家里人身体还好吗？吃了什么好吃的？今年收成还好吗？天冷了千万注意加衣服……一时之间，万千思绪在心中翻涌，张籍迟迟没有下笔。

一滴墨滴落在纸上，洇开了黑黑的一小团。张籍回过神来，换了一张纸，整理了下思绪，便开始写信。他修改了很多次，不知不觉已

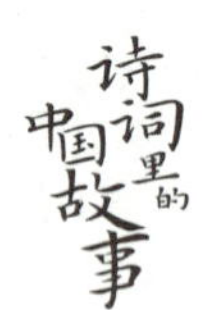

经写满了两大页纸，浑然不觉太阳已经逐渐西移。

终于，张籍写好落款，把书信连同几片黄叶精心地封起来——家乡距离遥远，若是不好好密封，怎抵挡得住一路颠簸？他抚摸了一遍又一遍，才把书信递给送信的人，说道：“拜托你了！”

送信的人即将出发，张籍连忙叫住了他：“等等！”他突然想到，刚才写信时匆匆忙忙的，好像有什么重要的话忘记在信里交代，便将信封拆开，取出书信仔细地检查几遍，时不时地在旁边补上几个字……直到信差不停地催促，张籍才依依不舍地把信递过去，再叮嘱几句。

“好啦好啦！你放心，我会顺利送到的！”看着信差的背影消失在秋风中，张籍站立许久，心中的思念就像落叶一样，随着秋风飘到那遥远的地方……

百科小贴士

作者

张籍（约 767—约 830），唐代诗人，世称“张水部”“张司业”。张籍的乐府诗与王建齐名，并称“张王乐府”。著名诗篇有《塞下曲》《征妇怨》《采莲曲》等。

洛阳

洛阳市有五千多年文明史，是华夏文明的发祥地之一，中国古代关于帝喾、唐尧、虞舜、夏禹等神话的发源地。洛阳是历史上十多个王朝的都城，作为丝绸之路的东方起点、隋唐大运河的中心，具有重要的地位。

写作小技巧

本诗通过叙述写信前后的心情表达乡愁之深，尤其后三句是描写写信前、写信后的心理活动。“临发又开封”这个动作细节，把“复恐说不尽”的心态表现得淋漓尽致。

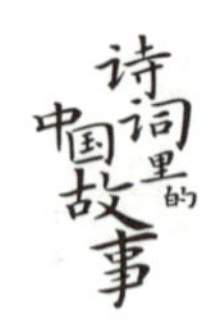

渡汉江[①]

唐 · 宋之问

岭外[②]音书断，经冬复历春。
近乡情更怯，不敢问来人[③]。

注音注释

① 汉江：汉水，为长江支流之一。

② 岭外：五岭以南，即广东一带，唐代常有罪臣被贬到此地。

③ 来人：自家乡而来的人。

原文翻译

客居岭外与家里断绝音信，经过了冬天又到了春天。离故乡越近心中越胆怯，不敢询问从家乡那边过来的人。

诗词故事

近乡情更怯，万千语难言

宋之问永远忘不了被贬的那一天。

由于跟张易之的关系好，唐中宗并不喜欢宋之问。武则天驾崩后，唐中宗一声令下，将其贬到岭南地区。

宋之问跪在地上，大脑一片空白。岭南，是令无数人胆战心惊的地方！气候湿热、土壤贫瘠，多少官员被流放到偏僻的岭南之后，因为不适应当地的环境和习俗，再没有活着回来……

他后悔啊！后悔自己之前站错了队伍，导致现在陷入如此悲惨的境地。无论他如何苦苦地哀求，得到的却只是皇帝厌恶的眼神和一道冷冰冰的旨意。

皇帝的旨意大于天，宋之问不得不在秋天来到岭南。岭南距离家乡太过遥远，想家的时候，连书信都没有邮差寄送，他自然也无法得知家人的任何消息。

岭南的冬天并不算寒冷，可宋之问过得煎熬无比。岭南的春景也完全入不了他的眼，他的心中只惦念着家乡洛阳的一山一水，思念着家人的一言一笑。

终于，宋之问从岭南逃了出来，日夜兼程赶往家乡。途经汉江，他突然发现自己期待的心情中夹杂了几分胆怯——不知道自己被流放又逃回来会不会连累家人？现在一副落魄的样子，他们看到后会不会失望？见了面后自己应该说些什么呢？

越接近家乡，身边人的口音越发熟悉。在路上，宋之问偶然遇到了来自家乡的人，他激动不已，有千言万语要问，却怎么也不敢说出口。他怕听说自己走后家中发生什么意外，也怕家乡的人询问自己为何流放，又为何逃出……

罢了罢了！此时此刻，宋之问心中思绪翻涌，最终还是没有问出口，只是告别了来自家乡的人，背着行囊继续向家乡走去。

百科小贴士

作者

宋之问（约656—713），字延清，又名少连，初唐时期的诗人，与沈佺期并称“沈宋”，与陈子昂、卢藏用、司马承祯、王适、毕构、李白、孟浩然、王维、贺知章称为“仙宗十友”。

写作小技巧

诗歌最后两句表达出的特殊又微妙的心理状态看似不合情理，其实只是因为诗人情况特殊而已。在写作的时候，我们可以借鉴这种手法细致生动地刻画矛盾的心情。

次[1]北固山[2]下

唐 · 王湾

客路[3]青山外，行舟绿水前。
潮平两岸阔，风正一帆悬。
海日生残夜，江春入旧年。
乡书何处达？归雁洛阳边。

注音注释

① 次：停泊。

② 北固山：位于今江苏镇江北。

③ 客路：旅途。

原文翻译

路过苍翠的北固山，小船行驶在碧绿的江面上。潮水上涨，几乎与两岸齐平，江面显得十分开阔。正是顺风的时候，船帆高高挂起。

黑夜将尽，朝阳已冉冉升起。如今还在旧年时分，江南已经有了春意。我的家书送到何处？希望北归的大雁把信送到洛阳那边。

北固山的春天

王湾是北方人，很喜欢江南清丽的山水景色。出于工作、旅行的原因，他写了不少描写江南的诗篇。此次冬末春初时，王湾由楚入吴，沿江东行，到了江苏镇江北固山下，又深深地陶醉在山水美景中了。

这是一个晴明的、处处透露着春天气息的夜晚，王湾借着夜色看着外面的景象。只见青山沉稳厚重，绿水飘逸灵动，可谓是“水绕青山山绕水，山浮绿水水浮山”，山水巧妙地融合在一起，交织出世间最曼妙的风景。

潮水涨上来了，江面开阔无比，让人的心胸也变得宽阔起来，而风将船帆鼓满，也将新鲜空气送到了王湾的身边。他深吸一口气，闭着眼睛享受着大自然的馈赠。

此时此刻，黑夜还没有完全消逝，东方的天空已经露出了鱼肚白。不一会儿，微明的晨光越来越清晰。突然，曙光如水波四散，江面、天空一片光明，朝阳喷彩，千里熔金，朝阳驱散了黑夜的寂静与迷茫，为整个世界带来了希望。

新年还没有来到，江南的春天竟如此动人！王湾痴痴地望着眼前的景象。海日东升，春意萌动，谁能感受不到这新生事物无穷的力量呢？

这时候，一群北归的大雁正掠过晴空，他内心一动——雁群正要经过洛阳的啊！

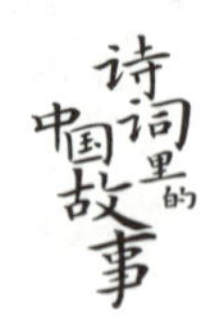

如今，自己出行在外，思乡之情恐怕只能寄托在鸿雁身上了。王湾写下一首《次北固山下》，心中默默想：雁儿啊，你们飞过洛阳的时候，请帮我看看家乡的景色，替我问候一下我的家人！

话说，宰相张说看到“海日生残夜，江春入旧年”这一诗句后，被开阔的意境深深吸引。他甚至将诗句题写在办公室的墙壁上，并且强力向他人推荐。越来越多的人读到王湾的这首诗，无不为之惊叹。直到唐末，诗人郑谷还称赞道：“何如海日生残夜，一句能令万古传。”

作者

王湾，生卒年不详，唐代诗人，洛阳（今河南洛阳）人。唐玄宗先天年间（712）高中进士，在荥阳县担任主簿一职。后来又参与集部的编撰辑集工作。他写的诗歌中，最有名的就是《次北固山下》。

诗歌中的“雁”

大雁是一种候鸟，每年春飞北方，秋回南方。古人有“鸿雁传书”之说，因此，人们也常常用大雁来寄托思念故乡和亲人的情感。

写作小技巧

“海日生残夜，江春入旧年”两句非常有趣。“海日”生于残夜，将驱尽黑暗，而“春意”将赶走严冬，展现出乐观、积极、向上的力量。写作时，我们可以把“日”与“春”作为新生美好事物的象征。

宿建德江[1]

唐 · 孟浩然

移舟泊烟渚[2]，日暮客愁新。

野旷天低树，江清月近人。

注音注释

① 建德江：指新安江流经建德（今属浙江省）的一段。

② 渚（zhǔ）：水中的小片陆地。

原文翻译

把船停泊在烟雾缭绕的沙洲旁，正值黄昏日落时分，我这个客居在外的游子又增添哀愁。原野广阔无垠，远处天幕低垂，似乎和树木连在了一起。身边江水清澈，倒映在水中的月亮，跟我是那么亲近。

幸好还有月亮

日落黄昏，江面上水烟蒙蒙。一艘行船从远方缓缓驶来，似乎刚刚跋涉了一段很长的路途，最终停靠在江中小洲边。天幕低垂，孟浩然站在船上，望着浩浩荡荡的流水和无边无际的原野，深深地叹了一口气。

孟浩然出生于书香世家，从小饱读诗书，年轻时渴望建功立业，便告别家人踏上远游的征程。他广交朋友，想要得到引荐，却始终得不到合适的机会。他参加科举考试，成绩却很不理想，自然也得不到皇帝的赏识。

“是金子总会发光的。”孟浩然时常安慰自己，可只有自己才懂得那种怀才不遇的痛苦啊！无奈之下，他离开长安，辗转于襄阳、洛阳，在夏季时游览吴越之地，借以排遣仕途失意的郁闷。

此时此刻，他孑然一身，在茫茫四野中，在悠悠江水上，品尝着悲伤的滋味。他曾带着多年的准备和希望奔入长安，而今却只能怀着一腔被弃置的忧愤南寻吴越，思乡的愁绪、羁旅的惆怅、仕途的失意、人生的坎坷……他越想越难过，不禁深深地叹了一口气。

放眼望去，远处的天空比近处的树木还要低，显得大地广袤无比。夜幕降临，明月倒映在江水之中。孟浩然猛然发现，月亮的倒影离自己是那么近，内心似乎有了一些宽慰：“虽然自己运气不好，如今又远离家乡，可还有一轮明月愿意亲近我啊！”

夜深人静，一江、一月、一舟、一人，构成了一幅凄清的图景，孟浩然的羁旅之愁久久都无法消散……

百科小贴士

作者

孟浩然（689—740），字浩然，号孟山人，唐代著名的山水田园派诗人，世称“孟襄阳”。因他未曾入仕，又称之为“孟山人”。

写作小技巧

诗人孤独之时，感慨水中的月亮似乎有了生命，好像在亲近自己，以表达自己的寂寞之情。这种寓情于景的手法在写作中十分常见。

枫桥[1]夜泊

唐 · 张继

月落乌啼霜满天，江枫渔火对愁眠。
姑苏[2]城外寒山寺，夜半钟声到客船。

注音注释

① 枫桥：位于今苏州市阊门外。

② 姑苏：苏州的别称，其西南坐落着姑苏山。

原文翻译

月亮快要落下，乌鸦尖声啼叫，周围寒气袭人，看着江边枫树和船上点点渔火，我独自傍愁而眠。半夜时分，姑苏城外的寒山寺敲响的钟声，传到了我乘坐的客船里。

诗词故事

夜半失眠的滋味

夜，静得可怕，静得令人难以入睡。

不知不觉，月亮快要落下，乌鸦发出凄凉的悲鸣声。听到乌鸦啼叫，船中的张继不由得打了个寒战。遍地的飞霜让整个世界都朦胧起来，也扰乱了张继的心。

江边的枫树，在暗夜中静静地伫立；渔船上星星点点的灯火忽明忽暗，仿佛有了生命一般，随着张继不安的心跳动。

张继辗转反侧，惆怅难眠。“安史之乱”后，江南比较稳定，许多文士纷纷逃到今江苏、浙江一带避乱，张继也是其中之一。他想了很多——仕途得失、宦海沉浮、家事索怀、亲朋离散……种种情思牵动着他的心灵。

月亮西斜了，一副意兴阑珊的样子。乌鸦嘶哑地叫着，张继想要捂住耳朵，可那声音实在是太响亮了，穿过茫茫的江面和密密的枝丫，随着风来到船上，让张继心烦意乱。

寒山寺的钟声响了，这夜半钟声一下一下地敲击着张继的五脏六腑。他想：离开家乡来到这里，景色再美，也无心欣赏。不知故土现在是否无恙？亲人是否安好？自己能否在人生天空中大展宏图？这一切，都未可知。

江水睡了，船睡了，岸边的渔家睡了。只有张继，对着无边无际的黑夜，无声地诉说着自己的哀愁。

百科小贴士

作者

张继（？—约779），唐代诗人。他的诗风慷慨激昂，直抒胸臆，对后世极具影响，但他流传至今的诗歌不足五十首，最有名的就是《枫桥夜泊》。

姑苏城

姑苏，也就是现在的苏州一带，古称“吴”，是吴文化的发祥地。姑苏是中国园林之城，具有独特的园林景观。其中拙政园、留园在“四大名园”中都有一席之地，而虎丘更是以“吴中第一名胜”著称。

写作小技巧

本诗中有许多意象，如落月、啼乌、满天霜、江枫、渔火、不眠人、城、寺、船、钟声，有动有静，有明有暗，有视觉有听觉，真正做到了写作中的“情景交融”。

苏幕遮·怀旧

宋·范仲淹

碧云天，黄叶地，秋色连波，波上寒烟翠。山映斜阳天接水，芳草无情，更在斜阳外。

黯①乡魂，追②旅思。夜夜除非，好梦留人睡。明月楼高休独倚，酒入愁肠，化作相思泪。

注音注释

① 黯：形容忧伤的心情。

② 追：追随，纠缠。

原文翻译

天空蔚蓝，白云朵朵，黄叶落了一地，天边秋色与秋水相连，水上弥漫着烟雾，微微有些寒冷。夕阳映照着远山，天空连接着江水。芳草不懂思念的情意，一直延伸到夕阳之外的天际。

默默思念故乡，羁旅愁思始终追随旅人，每天夜里除非是美梦才能留人入睡。明月照高楼时，千万不要独自倚靠栏杆。喝下的酒到了肚子里，统统化为相思的眼泪。

芳草好无情

湛蓝的天空中嵌缀着朵朵白云，茫茫大地铺满片片枯萎的黄叶。无边的秋色绵延伸展，融进流动不息的江水。

范仲淹望着浩渺的江面，感受到了秋天的寒意。烟雾笼罩下的江面一片空蒙，天空接着江水，落日余晖洒在江面上，也洒在无边无际的草地上，别有一番情致。

范仲淹无心欣赏这美景。最近几年，边境并不太平，宋朝和西夏爆发战争，朝廷任命他与韩琦共任陕西经略安抚招讨副使。他深知自己身上的重担，便义无反顾地离开家乡前去巩固西北边防。

范仲淹到任后，每天都非常忙碌。他改革军队制度，分部训练士兵，修筑边境城墙，加强边防守备，每天绞尽脑汁地思索克敌大计，抵挡敌军进犯，时常整夜睡不着觉。

西夏人笼络羌族共同对抗宋军，范仲淹便想方设法犒劳羌族，让羌族脱离西夏，为大宋效力。范仲淹纪律严明，爱护士兵，对于前来归附的各部羌人，诚恳接纳，信任不疑，大家都非常敬佩他，皇帝也很欣赏他的军事才能。

可是，范仲淹不知道这战争要持续到什么时候，他想念家乡，但为了国家与人民坚定不移地忙碌着。此时此刻，他看到无边无际的芳草，只觉得这芳草太无情，不懂得自己思乡的心情，竟绵延到连落日余晖都照射不到的远方。

范仲淹已经失眠好几天了，睡不着的时候，便拿着酒壶，独自倚靠在墙边。这酒好烈，喝进肚子里，全部化成相思之泪，肆意地在他的脸上流淌着……

百科小贴士

作者

范仲淹（989—1052），字希文，北宋政治家、文学家，谥号“文正”，世称范文正公。

诗词中的“芳草”

在古诗词中，草往往成为寄托离别情怀、怀人愁绪的物象，表现悲伤的情绪。此外，草还常被用来寄托生命短促的无可奈何的慨叹。

写作小技巧

上阕描写自然景物用了“碧”“黄”“翠”等多种色彩，描绘出辽阔的秋景图。下阕写喝下去的酒化作相思泪，十分巧妙，用来表达愁苦的情绪。

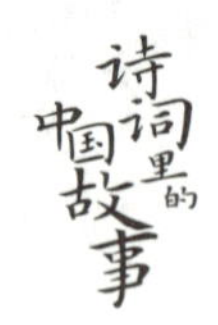

泊船瓜洲

宋 · 王安石

京口[①]瓜洲[②]一水[③]间，钟山只隔数重山。
春风又绿江南岸，明月何时照我还？

注音注释

① 京口：古城名，在今江苏镇江，位于长江南岸。

② 瓜洲：镇名，在今江苏扬州一带，位于长江北岸。

③ 一水：指长江。

原文翻译

京口和瓜洲之间只隔着一条长江，钟山就在几座山的后面。温柔的春风又吹绿了江南岸边，明月什么时候才能照着我回家呢？

官场险恶，希望早日回乡

江水连天，白茫茫一片，浩浩荡荡地流向辽阔无边的原野。正是早春时节，梅花的倩影、杨柳的风姿都像一幅徐徐展开的写意画，让停泊在瓜洲的王安石深深地陶醉。

王安石早些年随着父亲定居南京，南京钟山巍峨，长江浩荡，让他对南京有着十分深厚的感情。每每想起自己的故乡，他的嘴角便不自觉地扬起一抹笑意。

好男儿志在四方，王安石不仅是思想家、文学家，还是政治家、改革家。他曾宦游南北，看到农民的痛苦生活，便立下了改变社会的远大志向。中了进士后，他历任扬州签判、舒州通判等职，政绩显著，也深受百姓爱戴。最后，他坐到了宰相的位置上，也算是颇有成就。

王安石一心想要改变颓败风气。他成为宰相后便着手主持变法，进行政治、经济改革，减轻百姓压力，改善国家财政。本以为可以实现宏图壮志，可谁知新法推行并不顺利。

“万万不可！”王安石的耳畔又响起了司马光等保守派强烈地反对新法推行的声音，很多人反对他变法，就连皇帝的立场也摇摆不定。终于，他无法承受巨大的压力，被迫辞职，离开了那个凶险的旋涡。

可第二年，皇帝又将王安石召回。他离开家乡，再度踏上征程。这个季节春风和煦，百草始生，千里江岸一片新绿。王安石看着眼前的景象，心里拂过一丝喜悦：这皇恩就像春风一般和煦，吹过的地方尽披绿意，自己回去之后，又有机会实现理想了！

想到这里，王安石的心中充满着希望，但他回望重重叠叠的钟山和蜿蜒的江水，一丝惆怅浮上心头：这次回去，不知又要面对多少压力和阻力？奔波一生，还是家乡的风景最美。若是能够早日回到家乡，那

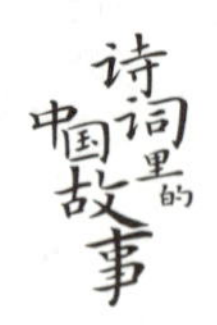

该有多好！

回答王安石的只有静静流淌的江水。他看着春意盎然的江南，眼中充满着无限期待……

作者

王安石（1021—1086），字介甫，号半山，谥号“文”，封荆国公。北宋著名的政治家、思想家、文学家、改革家，“唐宋八大家”之一，曾发起著名的“王安石变法”。

古代的“水”

古人除将黄河特称为“河”、长江特称为“江”之外，大多数情况下称河流为“水”，如汝水、汉水、浙水、湘水、澧水等。

钟山

南京钟山风景名胜区为我国第一批国家级风景名胜区之一，由于钟山犹如游龙般蜿蜒起伏，古人也称之为“钟阜龙蟠”。钟山上有紫色的页岩层，阳光照在上面，可以发出紫光，因此又名“紫金山”。

写作小技巧

“春风又绿江南岸”中的“绿”字是吹绿的意思，动静结合，用得绝妙。描写自然风光的时候，动静结合会更加生动形象，具有灵气。

天净沙①·秋思

元·马致远

枯藤老树昏②鸦，小桥流水人家，古道③西风瘦马。
夕阳西下，断肠人在天涯。

注音注释

① 天净沙：曲牌名，又名“塞上秋”。

② 昏：黄昏、傍晚。

③ 古道：古老的驿道。

原文翻译

天色渐渐暗了，老树上缠绕着枯藤，乌鸦落在上面，发出悲戚的叫声。河水穿过小桥，流过旁边的人家。西风萧瑟，在年代久远的驿道上，一匹瘦马正孤独地前行。夕阳落下，只有悲伤的旅人独自在远方漂泊。

路的尽头是何方

古树上的藤蔓早已枯萎，乌鸦扑打着翅膀落在光秃秃的枝丫上，似乎是迷路了一般，叫声极为悲凉。马致远骑着一匹憔悴的马行走在路上，不由得打了个寒战。

天气愈发寒冷，马好几天都没吃饱了，饿得无精打采。马致远也一样，肚子饿得前胸贴后背，风尘仆仆，在异乡萧瑟的秋风中艰难前行。

看着别致的小桥和潺潺的流水，岸边的茅屋虽然低矮破旧，可别有一番安谧和温馨的感觉。马致远不禁叹了一口气，如果自己再也不用这样颠沛流离，哪怕住着破旧的茅草屋，也心满意足了。

马致远年轻的时候热衷功名，想要闯出一番天地，可时运不济、命途多舛，他始终得不到重用。他努力地工作，时间一天天过去，累弯了腰，也生出了白发，却始终无法实现抱负。

马致远一生不得志，穷困潦倒，过着漂泊不定的生活。如今，他孤独地在世间流浪，不知自己要去何方。但他知道，这世上有太多像他一样的游子，漂泊天涯找不到归宿，每每思念起故乡，就不禁愁肠寸断。

夕阳西下，转眼间便消失得无影无踪，只剩下一片红色的彩霞在天

边飘浮。荒凉的古道上，一匹消瘦、憔悴的马载着同样疲惫、憔悴的异乡游子踌躇而行，不知道路的尽头是何方。

作者

马致远（约 1251—1321 后），元代著名的大戏曲家、散曲家，与关汉卿、郑光祖、白朴并称“元曲四大家”。

写作小技巧

《天净沙·秋思》在景物描写上具有层次感，可以为景物的写作顺序提供借鉴。藤缠树，树上落鸦，桥，桥下流水，水边人家，古驿道，道上西风瘦马，最后一个意象“夕阳西下”，是全曲的大背景，视野层层扩大。

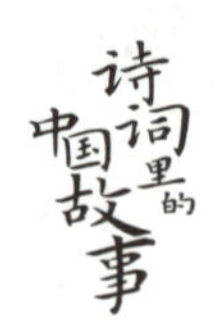

长相思·山一程

清·纳兰性德

山一程，水一程，身向榆关①那畔②行，夜深千帐③灯。
风一更，雪一更，聒④碎乡心梦不成，故园无此声。

注音注释

① 榆关：也就是现在的山海关。

② 那畔：指关外。

③ 帐：军营里的帐篷。

④ 聒（guō）：形容风雪声嘈杂。

原文翻译

跋山涉水走过一段又一段路，战士们向山海关进发。深夜时分，千万个帐篷里都点起了灯。帐篷外风雪不停，打碎了战士们的思乡之梦，想到遥远的家乡没有这样的风雪声。

故园无此声

康熙二十一年（1682），康熙帝因云南平定，出关祭告祖陵，纳兰性德随队伍一同前往。他跟着大部队翻山越岭，登舟涉水，马不停蹄地向着山海关前进。

塞上风雪凄迷，灰色的阴云压在地面上，让人喘不过气来。风在空中飞速地盘旋，左躲右闪的雪花凄厉地呼啸着。这暴风雪越来越猛烈，凛冽的冷空气灌进衣服里，让纳兰性德打起了寒战。

军队驻扎下来，风雪中，夜幕下，在群山里，一排排营帐里透出灯光，景象是何等的壮观！纳兰性德缩进帐篷里，心中暗暗想道："这鬼天气，真是太冷了，总算可以歇息一下了！"

纳兰性德是当朝重臣纳兰明珠的长子，不仅以武官的身份随康熙出巡，游历四方，还为皇上编制著述，可谓前途无量。但出身显赫、心思慎微、不习惯漫长而艰辛旅途的纳兰性德，无法安稳享受征战般的扈从生活，自然也对家人和家乡怀着深深的眷恋。

纳兰性德在帐中辗转反侧，终于在深夜时分进入了梦乡。在梦中，他回到京都，那悠扬的歌声是那样熟悉，他正坐在桌前与亲朋好友畅饮美酒，品尝美食，谈论着诗词歌赋，交流着人生百味。

突然，狂风席卷暴雪扑打着帐篷，打断了纳兰性德的美梦。他微微睁开眼睛，发觉自己身处帐篷中，顿时清醒过来：原来，刚才只是一场梦，家乡哪里会有如此大的风雪声呢！

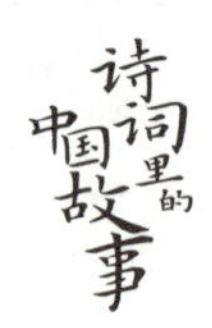

路途遥远，衷肠难诉，纳兰性德听着帐篷外的风声，心中涌现出浓浓的思乡情。这边塞苦寒之地，怎比钟灵毓秀之京都？他辗转反侧，只盼望能够早日回到家乡。

百科小贴士

作者

纳兰性德（1655—1685），字容若，号楞伽山人，清代著名词人。“纳兰词”在中国词坛上享有很高的声誉。

古代的“更”

古代的一昼夜分十二个时辰，每个时辰相当于现在的两个小时，其中完全属于夜晚的有五个时辰，也叫五更。对比现在的时间，晚上 7 点到 9 点为一更，9 点到 11 点为二更，午夜 11 点到凌晨 1 点为三更，凌晨 1 点到 3 点为四更，凌晨 3 点到 5 点为五更。

写作小技巧

诗词中可运用叠句和数字“一”“千”强化视觉、听觉所表达的焦虑和幽苦。写作中可以使用“走了一步又一步”“千千万万”等词或短句加重表达的程度。

海内存知己，天涯若比邻

送元二使安西

唐 · 王维

渭城[①]朝雨浥[②]轻尘，客舍[③]青青柳色新。
劝君更尽一杯酒，西出阳关[④]无故人。

注音注释

① 渭城：指秦代的咸阳城，汉代改称渭城。

② 浥（yì）：润湿。

③ 客舍：旅店，旅馆。

④ 阳关：古代关名，故址在今甘肃敦煌西南。

原文翻译

渭城的早晨，一场春雨润湿了路上的灰尘，旅馆周围的柳树青翠欲滴。劝你再喝一杯美酒，向西出了阳关就难以遇到老朋友了。

元二，请收下我的柳枝

平日车马交驰的道路上尘土飞扬，而此时此刻，一场零星小雨润湿了地面的灰尘。春天不知不觉已经到来，春风吹过，柳树长出了新的枝条，柔软的枝条又长又细，叶子绿莹莹的，正随风飘动，真是美极了！

王维步履沉重地走在路上。前面便是元二暂住的旅馆了，他想到元二今日就要出发去远方，心中不禁涌出无限伤感——两人感情一向深厚，这一别，不知道什么时候才能再见！

想到这里，王维不由得停下脚步，站在柳树底下，望着被春风染成碧绿色的柳叶发呆。对了，离别怎能少得了“折柳”这个仪式呢？

王维心里感慨道：柳树的生命力真的很顽强，不管顺插、倒插，不管土壤湿润还是干旱，柳树枝都可存活！难怪自古以来，人们都用柳枝祝福远行的人们随遇而安，希望他们尽快适应新的生活环境。

想到这里，他轻轻折下一支柳条，继续向旅店走去。啊，站在门口东张西望的正是元二！

王维和元二一边喝酒一边聊天。时间一分一秒地过去，直到已近中午，元二才依依不舍地说：“兄弟，我该走了。”

王维心里非常难过，他要说的话还有很多，但千头万绪，怎么能说得完呢！他拿起酒壶，为元二斟了一杯酒，说：“再喝一杯吧！等到你出了阳关，我们俩就很难再见面了！”元二的眼中含着泪花，他一仰头便喝干了杯中的酒。

元二上马了，王维将柳枝送给他，说：“兄弟，保重！”元二郑重地收起柳枝，一步三回头地出发了。他知道，王维的依依惜别之情，所有的关怀与祝福早已融进了这一根柳枝当中。

阳关三叠

《阳关三叠》，又名《渭城曲》《阳关曲》，中国十大古琴曲之一，其创作源于唐代著名诗人、音乐家王维的名篇《送元二使安西》。

送别诗中的“柳”

“柳”与“留”是谐音，古人通常在送别时，折柳表达挽留之意和依依不舍的心情。以柳赠别也寓意对方如离枝的柳条，到新的地方能很快地生根发芽，表达美好的祝愿。

写作小技巧

“劝君更尽一杯酒”，这杯酒中有依依惜别的情谊和对前路珍重的殷切祝愿。描写离别场景的时候，可以适当写“再吃一点吧”等词句，来表达拖延分手的时间，让对方再多留一刻的意愿。

送杜少府[1]之[2]任蜀州

唐 · 王勃

城阙辅[3]三秦[4]，风烟望五津[5]。
与君离别意，同是宦游人。
海内存知己，天涯若比邻。
无为[6]在歧路[7]，儿女共沾巾。

注音注释

① 少府：官职名。

② 之：到。

③ 辅：保护、守卫。

④ 三秦：指长安周边的关中之地。

⑤ 五津：指岷江的五个渡口。这里泛指蜀州。

⑥ 无为：不必。

⑦ 歧（qí）路：岔路。古人送行时常在此分别。

原文翻译

三秦之地护卫着长安城，透过烟雾遥望着蜀州。和你分别时满怀情意，因为我们都在外做官，很不容易。若四海之内有知心朋友，即

使远在天边，也好像近邻一样。在岔路口分别之时，不必儿女情长哭湿了衣巾。

诗词故事

只要心在一起，距离不成问题

王勃站在京城郊外，看到雄伟的长安城为辽阔的三秦之地所保卫，向远处眺望，远处风烟迷蒙，他仿佛看到了遥远的蜀州。

好朋友杜少府即将从长安赴任蜀州，两人同是背井离乡、在外做官之人，本就有一腔愁绪，如今又要分别，更多了几分失落。

杜少府想起自己要孤身远走天涯，举目无亲，好朋友王勃也不能陪伴自己左右，更觉惆怅。他望着王勃，千言万语不知如何表达，只是泪水不知不觉溢出了眼眶。

王勃紧紧地握着朋友的手，劝慰道："不要难过，只要四海之内有知己，心在一起，就是天涯海角也近如邻居，你何必悲伤呢？"

杜少府擦擦眼泪，叹了一口气说："是啊，我和你感情深厚，友谊是永恒的，不受时间的限制和空间的阻隔。只是这一次离别，不知道何时才能相见，不免有些惆怅。"

这时，王勃不由得想起曹植在《赠白马王彪》一诗中提到的"丈夫志四海，万里犹比邻"。曹植与白马王曹彪分别，因为统治阶级内部斗争的险恶，曹植写下这样的诗句表示安慰和鼓励。但对于王勃来说，他和杜少府两人正处于建功立业的好时机，未来一片光明，怎能如此伤感呢？

想到这里，王勃安慰他说：“我和你都是宦游他乡的人，离别乃常事，以后还会有机会见面的。男子汉大丈夫志在四海，不要像孩子一样哭哭啼啼的。”

杜少府擦干眼泪，翻身上马，回身对王勃说：“等我到了蜀州，我会经常给你写信的！”王勃冲他挥挥手，大声喊道：“再见！有缘再会！”

作者

王勃（649或650—676），字子安，与杨炯、卢照邻、骆宾王并称“初唐四杰”，王勃为首。王勃擅长写五言律诗和五言绝句，骈文也颇具成就，在当时远近闻名。代表作品有《滕王阁序》等。

古时对“天下”的别称

海内：四海之内，指全国各地。古代认为我国被海洋环绕，因此常用“四海之内”来指代天下，如“四海之内皆兄弟也”。

华夏：又称“夏”“诸夏”，是指生活在中原地区的人，现在指代

国家，如“华夏儿女”。

神州：古代中国也叫作“赤县神州”，因此“神州”也成为中国的代名词。人们称中国为“神州大地”“赤县神州”“九州”。

写作小技巧

在描写感情的时候，可以用“即使过了几十年，即使我们远隔千山万水，只要心在一起，感情就是永恒的”之类的句子，来表达友谊不受时间的限制和空间的阻隔，是永恒的，无所不在的。

黄鹤楼送孟浩然之广陵

唐 · 李白

故人西辞黄鹤楼，烟花①三月下②扬州。
孤帆远影碧空尽，唯见长江天际流。

注音注释

① 烟花：形容绚烂美好的春景。

② 下：顺流而下。

原文翻译

老朋友在黄鹤楼与我告别，在鲜花烂漫的阳春三月前去扬州。孤舟渐渐地消失在碧空尽头，只看见浩浩荡荡的长江向天边流去。

黄鹤楼送孟浩然下扬州

阳春三月，阳光温柔，树枝上的叶芽慢慢地舒展，小草沐浴在阳光下生机勃勃，大地渐渐地铺上了淡绿色的地毯。艳丽的花儿竞相开放，

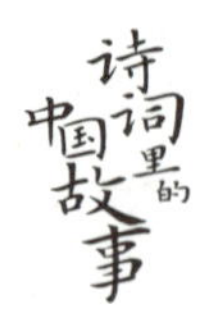

红的像火，白的似雪，黄的如金，粉的似霞……好一派春日盛景！

黄鹤楼里，李白与孟浩然正开怀畅饮。孟浩然比李白大十几岁，当时已经凭借才华名扬天下；李白诗名尚浅，十分钦佩孟浩然洒脱的性情，专门前去拜见孟浩然。孟浩然也为李白的豪放情怀所感染，两人一见如故，一同游遍湖北的风景名胜，聊得十分投机。

不过，天下没有不散的筵席。孟浩然就要离开这里前往扬州了，李白便在这依山傍水的黄鹤楼为他送行。

黄鹤楼是传说中仙人乘鹤升天之处，两位潇洒飘逸的诗人在此道别，更多了几分诗意和浪漫色彩。李白不由得感慨道："孟兄，此时扬州花团锦簇，绣户珠帘，繁荣太平，是个好地方，若不是我有别的事情，就同你一起去游玩了！"

孟浩然哈哈大笑，说："以后我们有很多见面的机会，等你有空了，我们一定还要再聚聚，我请你吃饭！"说完，便坐着船离开了。

波涛起伏的长江浩浩荡荡地流向远方，李白看着孟浩然的船渐去渐远，最后只剩下一点影子，最终消失在水天相接之处。

李白的心中有些惆怅，现在他起伏的心潮不正像浩浩荡荡东去的一

江春水吗？他多想把自己的深情寄托给江水，一路陪伴孟浩然前往扬州啊！

黄鹤楼

黄鹤楼，故址位于湖北武汉市武昌蛇山上，相传是古代仙人骑着黄鹤登仙而去的地方。1985 年，黄鹤楼进行了重修，现为我国名胜古迹之一。

写作小技巧

诗的后两句，写景中包含着一个细节：船已经扬帆而去，而李白还在江边目送远去的风帆，一直看到帆影消失在碧空尽头。写送别场景的时候，亦可通过动作和神态描写表现依依不舍的心情。

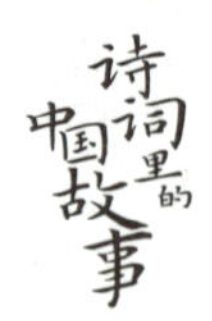

送友人

唐·李白

青山横北郭[①]，白水绕东城。
此地一为别，孤蓬[②]万里征。
浮云游子意，落日故人情。
挥手自兹[③]去，萧萧班马[④]鸣。

注音注释

① 郭：古代在城的外围加筑的一道城墙。

② 蓬：蓬草，干枯后根茎断裂，遇风飞舞。

③ 兹：此。

④ 班马：离群之马，这里指载着友人远行的马。

原文翻译

青山横卧在城墙北面，流水环绕着城郭东边。我们在这里道别，你就像孤蓬那样随风飘到万里之外。浮云像游子一样漂泊不定，夕阳西下，似乎有所留恋。你同我挥手作别从此离去，马儿也因离别声声嘶鸣。

依依别离情

青翠的山峦横亘在外城的北面，波光粼粼的流水绕着城东潺潺流过。峰峦叠嶂，碧水如镜，景色犹如百里画廊令人陶醉。

李白与友人站在这里，心中涌动着无限的哀伤。友人叹了口气说："此地一别，我就要像那随风飞舞的蓬草，飘到万里之外去了！"

李白感慨道："是啊，这次分别后，不知道何时我们才能再相见！"他看着天空中的缕缕浮云，像轻纱一样，被风徐徐吹送着从遥远的天边飘来，停留在友人的正上空，怎么也不肯飘走。

连浮云都不舍得离开，更何况是感情深厚的两个人呢！李白与友人不知不觉聊了很久，直到红彤彤的夕阳徐徐落下，将云朵镀上一层红晕。浮云忽然散开，逐渐地消失在深蓝的天空中，友人才依依不舍地说："我该出发了，你多保重！"

李白冲着友人挥挥手，安慰他说："虽然离别非常惆怅，但正因为离别，重逢时才格外喜悦，我们的友谊才显得格外珍贵啊！"

看着友人骑马离去的背影，李白哽咽了。他一向对朋友重情重义，每次到了离别的时候，他的心中就有千言万语想表达，感觉怎么都说不完。

突然，马儿跑起来了，四蹄翻腾，长鬃飞扬，它载着友人向远方奔去，很快便消失在李白的视线中。空气中只留下马儿悲伤的萧萧长鸣，似有无限深情，随风飘到李白心灵最深处去了……

浮云

曹丕的《杂诗》中有“西北有浮云，亭亭如车盖。惜哉时不遇，适与飘风会。吹我东南行，行行至吴会”的诗句，后世用以为典，多以浮云飘飞无定比喻游子四方漂游。

写作小技巧

送别的时候，周边的声音能够渲染离别的愁绪，如诗歌用马儿嘶鸣来烘托氛围。现在我们可以通过写歌声、催促检票声、火车汽笛声等表现离别情思。

别董大二首·其一[①]

唐·高适

千里黄云白日曛[②]，北风吹雁雪纷纷。
莫愁前路无知己，天下谁人不识君[③]？

注音注释

① 董大：指董庭兰，当时闻名的音乐家。

② 曛（xūn）：昏暗。

③ 君：你，指董大。

原文翻译

乌云绵延千里，太阳暗淡无光，北风吹着雁群，大雪纷纷扬扬。不要担心前路漫漫没有知己，天下有谁不认识你呢？

对音乐家董庭兰之祝愿

北风呼啸，落日里的浮云昏黄一片，本来耀眼的阳光现在也黯然失色。大雪纷纷扬扬地飘落，群雁排着整齐的队形向南飞去，发出阵阵哀鸣声。

高适与董庭兰在睢阳相会，本想买点酒叙叙旧情，谁知两个人掏遍了口袋，都凑不出一壶酒钱。他们尴尬极了，只得无奈地离开了。

董庭兰是一位擅长七弦琴的音乐家。七弦琴十分古老，难得知音，当时西域音乐又盛极一时，欣赏七弦琴的人也就更少了。董庭兰虽然身怀“绝艺”，但欣赏他琴技的人寥寥无几，他也因此郁郁寡欢。后来，礼部尚书房琯被贬出朝，门客董庭兰也被迫离开长安。这位身怀绝技却又无人赏识的音乐家开始了颠沛流离的生活。

此时此刻，高适亦是郁郁不得志，到处浪游，生活时常处于窘迫中。这年冬天，高适与董庭兰相逢，两个人短暂相聚，即将各奔他方。可分别之时，两人竟然连酒钱都凑不出来，你看看我，我看看你，一时充满着悲凉的情绪。

高适打破了尴尬的局面，对董庭兰说：“哈哈哈，看来咱们真是难兄难弟，不过是金子总会发光的，你身怀音乐绝技，不用担心未来没有知己懂你，天下有谁不认识你呢？”

顿时，董庭兰心中的阴霾散去一大半，他握着高适的手说：“彼此彼此，你这么有才华，相信困难只是暂时的。我们努力过后，都会有

一个美好的未来！”

两人相视而笑，携手同行。他们仿佛看到天空中乌云消散，阳光明媚。和煦的阳光洒在两人身上，那样温暖，充满着无尽的希望。

作者

高适（约700—765），唐代著名边塞诗人，与岑参并称“高岑”，与岑参、王昌龄、王之涣合称“边塞四诗人”。他的诗歌用词恢宏大气，豪放自如，展示了盛唐时期积极向上、奋发图强的时代精神。

写作小技巧

“千里黄云白日曛，北风吹雁雪纷纷”两句用多个意象勾勒出苍茫的北方冬日景象。若把每一个意象展开描写，再加入一些修辞手法，便是一篇很优秀的描写景物的文章了。

卜算子[①]·送鲍浩然之浙东[②]

宋·王观

水是眼波[③]横，山是眉峰聚。欲问行人去那边？眉眼盈盈[④]处。

才始送春归，又送君归去。若到江南赶上春，千万和春住。

注音注释

① 卜算子：北宋时流行的词牌名。

② 浙东：两浙东路（路为行政区域名），是朋友鲍浩然家的所在地。

③ 眼波：比喻目光像流动的水波一般。

④ 盈盈：十分美好。

原文翻译

水像美人流动的眼波，山如美人蹙起的眉毛。想问你要去哪里？到山水交汇的地方。

刚刚把春天送走，又要送你归去。如果你到江南能赶上春天，千万要留住美好的春景。

诗词故事

千万和春住

春末时节，王观在越州大都督府送别从客途返家的好友鲍浩然。他举起酒杯，对鲍浩然说：“真羡慕你，马上就能回家了，我想回都回不去呢！”

鲍浩然喝下一口酒，心中无限感慨，对王观说：“我好久都没回过家，盼这一天很久了！”王观打趣道：“是啊，家人一定非常想你！”

这个季节，灵动清丽的江水澄明如玉，层峦叠嶂的青山新奇秀丽。那悠悠的春水真像是美人流动的眼波，那连绵的群山就像美人蹙起的眉毛。王观的眼前仿佛浮现出一位少女的模样：蛾眉淡扫，一身淡绿长裙，大方、端庄、温柔、娴静……原来，山水也可以这样秀美！

鲍浩然要去与家人朋友团聚的地方，那里山水交融，眉眼盈盈，多么令人羡慕啊！想到这里，王观的语气中流露出无限羡慕：“江南现在正是春光无限的时候，你可要好好珍惜哟！”

鲍浩然与王观碰杯，说：“到时候我会给你写信，把江南的花瓣和绿叶一并寄给你，你也瞧瞧江南的春色！我们一起干杯吧！”

两个人举杯畅饮，对未来满是憧憬，美好的生活正向他们遥遥招手，就像这温暖的阳光，时刻伴随在他们的左右。

百科小贴士

作者

王观（1035—1100），字通叟，北宋著名词人，与秦观并称“二观”。在宋仁宗嘉祐二年（1057）高中进士，先后任大理寺丞、知江都县事等职。

远山眉

《西京杂记》记载，卓文君容貌甚好，其眉毛秀美，犹如望远山。成为当时女子画眉的标准。“远山眉”“眉拂远山”常用来赞美女子眉毛秀丽，有时也用来代指美女。

写作小技巧

古人常以“秋水”比喻美人之眼，比如“暗送秋波”；以远山比喻眉色。若是比喻反用，把眼前的秋水比作美人的眼波，把远处的山比作眉峰，则别有一番趣味。

辑三

晚来天欲雪，能饮一杯无

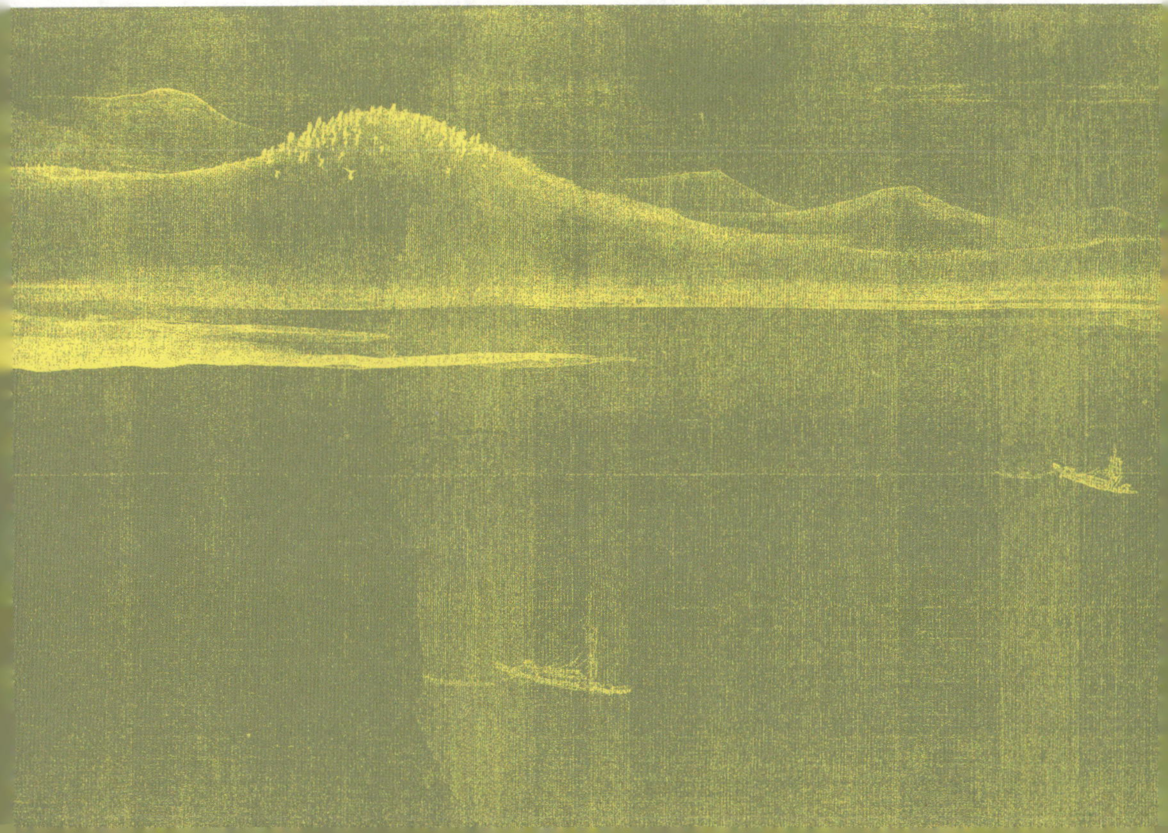

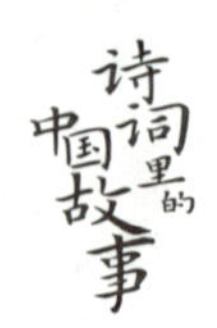

酬乐天[1]扬州初逢席上见赠

唐 · 刘禹锡

巴山楚水凄凉地，二十三年弃置[2]身。
怀旧空吟闻笛赋，到乡翻似[3]烂柯人[4]。
沉舟侧畔千帆过，病树前头万木春。
今日听君歌一曲，暂凭杯酒长精神。

注音注释

① 乐天：指白居易，字乐天。

② 弃置：降官、贬谪。

③ 翻似：倒像，倒好像。

④ 烂柯人：指晋人王质。

原文翻译

被贬谪到巴山楚水这些荒无人烟的地方，已经度过了二十三年的光阴。怀念旧友吟诵《思旧赋》，久谪归来感到恍如隔世。沉没的船只旁仍有千千万万的帆船经过，枯萎的树木前面也有无数树木枝繁叶茂。今天听你为我吟诗，暂且借这杯酒振奋精神。

几杯酒便能长精神

唐代著名诗人刘禹锡从小爱下围棋，与专教太子李诵下棋的棋待诏王叔文很要好。李诵即位后是为唐顺宗，王叔文组阁执政，就提拔棋友刘禹锡当监察御史。

后来，王叔文集团的政治改革失败后，刘禹锡受到牵连，被贬到外地做官，二十多年后才应召回京。途经扬州，他与同样被贬的白居易相遇了。

两个人都处于被贬的境地，惺惺相惜。他们一边喝酒，一边聊着自己不幸的遭遇。刘禹锡想起死去的王叔文，不禁悲从中来，吟起向秀的《思旧赋》，声音凄婉悲凉，白居易听得潸然泪下。

白居易想起三国时期，向秀的朋友嵇康、吕安因不满司马氏篡权而被杀害。后来，向秀经过嵇康、吕安的旧居，听到邻人吹笛，不禁悲从中来，于是作《思旧赋》。此时此刻，刘禹锡吟诵此赋，怎能不令人动容呢！

刘禹锡摸着自己头上的白发，苦笑着说："我遭贬谪二十多年，如今真是世事沧桑，人事全非啊！"

两个人不知不觉就喝多了，白居易写了一首《醉赠刘二十八使君》送给刘禹锡，对他被贬谪的遭遇表示同情和不平。刘禹锡读了之后非常感动，他对白居易说："沉舟侧畔，有千帆竞发；病树前头，正万木皆春。你不必为我感到忧伤，对于世事的变迁和仕宦的升沉，我已经

看开了！”

刘禹锡铺开纸墨，大笔一挥，写下一首《酬乐天扬州初逢席上见赠》回赠白居易。白居易读后，感到精神振奋，同刘禹锡又喝了几杯，两人就在酒桌上沉沉地睡去了。

作者

刘禹锡（772—842），字梦得，唐代文学家、哲学家，有“诗豪”之称。他在政治上主张革新，是王叔文派政治革新活动的中心人物之一。后来“永贞革新”失败，被贬为朗州（今湖南常德）司马。

烂柯人

相传，晋人王质在上山砍柴之时，被两个下棋的童子所吸引。他手握斧头，驻足观棋，对战结束后，斧柄已经变成烂木。回村后，他才发现，世间早已过去了一百年。

写作小技巧

“沉舟侧畔千帆过，病树前头万木春”一句蕴含哲理，借用自然景物的变化暗示新生事物必然战胜旧事物，告诫人们不论碰到什么样的困难或挫折，要永远乐观向上。遇到相关主题写作时可以引用这句名言。

淮上[1]喜会梁州故人

唐 · 韦应物

江汉曾为客，相逢每醉还。
浮云一别后，流水十年间。
欢笑情如旧，萧疏鬓已斑。
何因不归去？淮上有秋山。

注音注释

① 淮上：淮水边，今江苏淮阴一带。

原文翻译

想当年客居他乡，在江汉与你相聚畅饮，携手醉还。离别后我们像浮云一般漂泊，岁月如流水一般不知不觉已过十年。今日相见，欢笑与情意跟从前一样，但是人已经头发稀疏、两鬓斑白了。为何我不愿意归去？因为淮上有风景迷人的秋山啊。

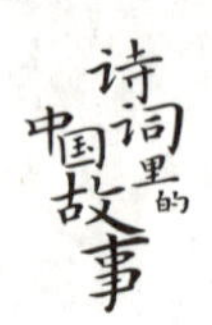

喜会故人

“怎么是你！”韦应物在淮上见到老朋友，心情异常激动，而友人也惊喜地打量着韦应物，不敢相信眼前这一切。

韦应物和这位老朋友，十年前在梁州江汉一带有过交往。他们那时经常欢聚痛饮，大醉而归。此时此刻，两人再度相逢，自然要坐下来好好聊聊天，叙叙旧。

友人举起酒杯，感慨万分：“不知不觉，我们分别已经十年了。东流逝水，叶落纷纷，时光就这样悄悄地消逝了。”

韦应物心里由喜转悲，喝下一口酒，说：“是啊，自从上次离别，我们像天上的浮云一般漂泊不定。岁月蹉跎，时光一去不复返，你的头发都变得这样稀疏了，上次我见到你的时候，头发还很浓密呢！”

友人苦笑一声：“谁说不是呢！时过境迁，早已物是人非。你看看你，还不是一样两鬓斑白，那是岁月为你染下的颜色啊！”

两个人看着同样衰老沧桑的对方，不由得哈哈大笑起来，笑声中却流露出苦涩。韦应物为友人倒满一杯酒，说：“不提这些不愉快的事了，咱们难得见面，今日可是天大的缘分，我们好好喝几杯！”

此时正值秋天，这个季节的山是五彩缤纷的。漫山遍野的枫叶红得似火，红得发光，红得鲜亮，在秋风吹拂下飘舞。金黄的银杏叶和杨树叶随风摇动，为群山点缀一抹靓丽色彩。韦应物一边欣赏着美景，一边与友人举杯畅饮，怎么都不舍得离去……

作者

韦应物（约 737—791），因出任过苏州刺史，世称“韦苏州”。他的诗风宁静致远，最著名的是以景和隐逸生活为题材的作品。

浮云与流水

汉代无名氏的《李少卿与苏武诗》三首中有“仰视浮云驰，奄忽互相逾。风波一失所，各在天一隅”。汉代无名氏的《诗四首》中有“俯观江汉流，仰视浮云翔”。之后，“浮云”常用来表示变化多端、飘忽不定，“流水”则表示年华易逝、岁月如梭。

写作小技巧

“欢笑情如旧，萧疏鬓已斑”用了对比的手法写出光阴飞逝的忧伤。在写作中可以用“……没有变，但是……已经发生了巨大的改变”来突出事物变化之大，从而表达自己内心的情绪。

杂诗三首·其二

唐·王维

君自故乡来，应知故乡事。
来日①绮窗前，寒梅著花②未？

注音注释

① 来日：来的时候。

② 著（zhuó）花：开花。

原文翻译

您从我们家乡来，应该了解家乡的人和事。请问您来的时候，我家雕画花纹的窗户前，蜡梅花开了没有？

蜡梅花开了吗？

清晨，王维早早便起床了。他看着深邃的碧空和苍茫的远山，顿时感觉心头舒爽宽广。王维在早年有过积极的政治抱负，希望能做出一番大事业，后来政局变化无常，他便看开一切，吃斋念佛，过着半官半隐的生活。

不过，远离家乡多年，他时常会怀念故乡的一草一木，想念家里的亲朋好友。他站在门口，看到一个人骑着马沿着山间小路走过来，对他说："我从外地来，能否到您家歇息歇息，喝口水解解渴？"

王维热情地把他邀请到家里，与他攀谈起来。聊了几句，王维觉得来人的口音甚是熟悉，便按捺不住心中的激动，问道："请问您从哪里来呀？"

听到来人的回答，王维激动得跳了起来："您竟然是我的老乡！"

久在异乡，忽然遇见老乡，王维欣喜不已，关于"故乡事"，那是可以开一张长长的问题清单的，从朋旧童孩、宗族弟侄，到旧园新树、茅斋宽窄、院果林花……他的心中涌动着千言万语：家乡现在变成什么样子了？乡亲们都还好吗？可他的嘴唇动了动，不知从何问起。

故乡的亲朋故友、山川景物、风土人情都值得怀念，但真正引起王维亲切怀想的，还是自己家窗前的那一株梅花。每到盛开的季节，蜡梅便迎着凛冽的北风盛开，花瓣星星点点散落在枝头，像琥珀或碧玉雕琢而成的一样，冰清玉洁，娇嫩可爱。

王维还记得在家乡时，在蜡梅树下，与亲朋好友共度的点滴时光，是那样令人怀念！想到这里，王维问的第一句话是："您离开家乡的时候，有没有路过我家？我家雕花窗户前的蜡梅花开了没有？"

王维的隐居生活

王维生活在佛教繁兴的时代。政治上的不如意使王维向往佛学中的境界。他一生几度隐居，一心学佛，以求看空名利，摆脱烦恼。在临终的时候，王维要来纸笔，给远在凤翔的兄弟王缙写信告别，又给其他一些亲友写了告别信，奉劝他们多多向佛修性，放下笔后就去世了。

写作小技巧

这首诗通篇运用借问法，以第一人称叙写，四句都是游子向故乡来人的询问之辞。想问的话有很多，但他偏偏问梅花开了没有。每个人的心里都有寄托回忆与情感的事物，也许是一枝花，也许是一个玩具，抑或是一张照片。当挂念亲朋好友的时候，不妨写一写承载记忆的事物，感情会更加委婉含蓄。

云阳馆与韩绅宿别①

唐 · 司空曙

故人江海别，几度隔山川。
乍②见翻③疑梦，相悲各问年。
孤灯寒照雨，湿竹暗浮烟。
更有明朝恨，离杯惜共传。

注音注释

① 宿别：一起住宿后又离别。

② 乍：忽然。

③ 翻：反倒。

原文翻译

自从和老友在江海分别，隔着千山万水，已经过了很多年，突然相见反而怀疑在做梦。两个人悲伤叹息，互相询问着近年的光景。孤灯照着窗外寒冷的雨滴，幽深的竹林中隐隐约约飘浮着云烟。明天早晨更有离别愁绪，今晚难得能够传杯痛饮。

今日相逢不是梦

寒夜里的竹林深处，似飘浮着片片烟云，空灵的雨，拨动了司空曙的心弦。

司空曙一个人在这细细密密的雨中走着。一阵寒风刮来，他不禁打了个冷战。独身在外的孤单，无人陪伴的落寞，生活浮沉的凄楚……他回想着过去的点点滴滴，一种让人糟心的气息从心口涌出。

“啊——是你！”司空曙惊呼，他看到了一个似曾相识的身影。他揉揉眼睛说：“我该不会在做梦吧？”冰凉的雨滴落在他的脸上，让他清醒了一些。这位老朋友活生生地站在他的面前，这并不是梦！

“上次一别，已历数年，山川阻隔，相会不易啊！”司空曙激动地拉着朋友的手说，“我那天还梦到我们俩一起下棋！没想到这么快真的又见到你了！”

朋友也不敢相信自己的眼睛：“是啊，我们上次分别后，中间可是隔了千山万水，缘分让我们又在此重逢！”

一束暗淡的灯火映照着蒙蒙的雨夜，两个人坐在桌前，一边喝着美酒，一边聊着这些年的坎坷浮沉，又哭又笑，哀伤叹息。

司空曙举起酒杯说：“明天早晨我们又要分别了，今晚一定要喝个痛快！”此时此刻，白天喧闹的大千世界仿佛消失在这淅淅沥沥的雨中，只剩下两个对饮的身影，互相诉说着多年的不易……

诗词中的“孤灯”

“孤灯”是诗词中一个较为常见的意象，主要表达了文人外在的孤独和内心的孤独。外在的孤独，指一人独处，思念亲人、朋友；内在的孤独，多指不得志和知音难觅。

写作小技巧

当遇到不可思议的事情时，可以以怀疑是梦境或幻觉的形式进行描写，如写到旧友重逢：我不敢相信面前站着的这个人会是他！我揉了揉眼睛，这是真的吗？该不会是做梦吧！

问刘十九

唐 · 白居易

绿蚁[①]新醅[②]酒，红泥小火炉。
晚来天欲雪，能饮一杯无?

注音注释

① 绿蚁：漂浮在米酒上的泡沫，颜色呈绿色。

② 醅（pēi）：尚未过滤的酒。

原文翻译

新酿的米酒还未过滤，色泽微绿，香气扑鼻。烫酒用的红泥小火炉已准备好。快要下雪了，能否与我共饮一杯呢？

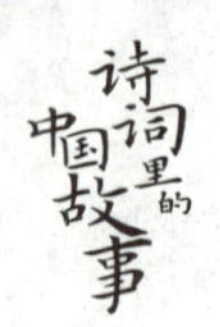

干了这杯新酒，我们是好朋友

天灰蒙蒙的，早已落光叶子的枝杈直愣愣地伸展着，像刀一样把世界切成碎片。北风裹挟着寒意，卷起地上的落叶四处飘荡，路上的行人缩紧了衣领，加快了前进的脚步。

白居易听着外面呼啸的风声，点燃了红泥小火炉。小巧火炉中通红的火光映亮了暮色中的屋子，也照亮了浮动着绿色泡沫的米酒。

米酒是最近新酿好的，未经过滤的酒面泛着酒渣泡沫，颜色微绿，细小如蚁，芳香扑鼻。白居易倒出一杯酒轻轻抿了一小口，甘洌的滋味真是令人回味无穷！

火炉温暖了人的身子，也温热了人的心窝。白居易看着外面阴沉沉的天气，心想：看来，马上要下大雪了。自己闷在家里，实在是太无聊了。他立刻拿出纸笔，给刘十九写信："亲爱的朋友，我家温暖的火炉已经生好，新酿的美酒已经打开，现在快要下雪了，不如你来我这一起喝一杯吧！"

写着写着，白居易的眼前已经浮现出与刘十九相聚的场景：天地之间，白茫茫一片，雪花纷纷扬扬地从天上飘落下来，大地很快变得银装素裹。伴随着"咯吱咯吱"的声音，刘十九来到白居易家里。他抖了抖身上的雪，坐到了火炉旁边。

刘十九惊呼："你这小火炉真是不错，身上一下子就暖和了不少！"说完，他接过白居易递过来的美酒，说："在大雪天气来一杯酒，简直赛过活神仙啊！”两个人一边品尝着新酒，一边聊着天，火光映照在两个人的脸上，显得格外温馨。

白居易这样想着，嘴角浮现出一抹笑意。寒冬腊月，暮色苍茫，风雪大作，家酒新熟，炉火已生，他只期待刘十九早点儿到来。

百科小贴士

绿蚁

在进行滤清之前，新酿酒表面会浮起一层微绿的泡沫，这就是“绿蚁”，人们常用以称呼新出的酒。同时还延伸出了蚁绿（有浮沫的酒）、蚁尊（酒杯，借指酒）、蚁瓮（酒坛）等多个称呼。

写作小技巧

诗歌前两句中的“绿”和“红”颜色亮丽，对比明显，相映成趣，非常具有画面感。在写作中，巧妙运用颜色等词的对比、配合，能够让文采增色不少，带给人一种别具一格的审美情趣。

赠范晔[1]

北魏 · 陆凯

折花逢驿使[2]，寄与陇头人。

江南无所有，聊赠一枝春[3]。

注音注释

① 范晔：南朝宋的史学家和散文家。

② 驿使：古代负责传送官府文件的人。

③ 一枝春：指梅花，象征着春天。

原文翻译

折梅花的时候遇见驿使，就托他把花带给身在陇头的你。江南没有可以表达我心意的东西，姑且送给你一枝报春的梅花吧！

折梅聊赠一枝春

当陆凯到达梅岭的时候，一股清逸幽雅的清香徐徐飘来。他登上山顶举目远眺，冬去春来，梅岭的梅花开得正艳，徜徉在梅花丛中，只觉得香气萦怀，沁人心脾。阵阵暗香让陆凯感受到了江南的春意。

陆凯出身名门，祖父是大将军，父亲和兄弟都是朝廷命官。他十五岁就当上了皇帝的亲近侍从，由于性情忠厚，刚正不阿，备受皇帝器重，一直身居要职，前途一片光明。

陆凯与南朝著名文学家、史学家范晔交好。虽然当时南朝和北朝处于敌对状态，但是这并不能阻挡陆凯与范晔结交深厚的友谊。两个人经常暗中通信，交流感情，表达对时局的看法与评价。

当陆凯率兵南征路过梅岭的时候，他看到漫山遍野的梅花已经灿烂开放，第一时间便想起了陇头的好友范晔。江南的梅花向来驰名于世，是北方所没有的，而陆凯与范晔相隔千里，交通与通信非常不方便。此时此刻，陆凯的心中非常遗憾，他多想与范晔共同欣赏眼前春天的美景啊！

也许是缘分使然，为官府传送文书的信差刚好路过，陆凯便写下一首诗，并且折下一枝梅花装进信袋里，托信差暗中交给范晔。

范晔打开信，看着字里行间都透露出陆凯情真意切的思念，信中有这样一句话让他感动不已："江南没有什么好东西能够表达我的感情，就送你一枝报春的梅花，祝福你万事如意！"

范晔拿起夹在信袋中的梅花，欣喜地笑了。这梅花经历一路颠簸，依旧不失娇艳。范晔轻轻地嗅着，仿佛闻到了江南春天的浓厚气息，更感受到了陆凯浓浓的情谊。

作者

陆凯（？—约504），北魏鲜卑族人，字智君，陆俟之孙。在枢要十余年，以忠厚见称，《魏书》中有传。

寄梅驿

寄梅驿位于广东省南雄市南，宋绍兴知州李岐曾重修过该驿站。清戴锡纶的诗《寄梅驿》是以此地为背景创作的：“一枝春可当人情，投赠南州艳此清。妙是不登供帐例，香风千古被征行。”

写作小技巧

“聊赠一枝春”，用春天盛开的梅花指代春天。同样，如果要写送他人一片落叶，也可以说“送你一片秋”，语句会更加具有意境。

望月怀远

唐 · 张九龄

海上生明月，天涯共此时。
情人[①]怨遥夜，竟夕[②]起相思。
灭烛怜光满[③]，披衣觉露滋。
不堪盈手[④]赠，还寝梦佳期。

注音注释

① 情人：情感丰富之人。

② 竟夕：整夜。

③ 光满：满屋月光。

④ 盈手：双手捧满。

原文翻译

海面上升起一轮明月，我们相隔天涯，此时此刻能一同欣赏月亮。多情的人都怨恨漫长的黑夜，一整夜都在想念亲友。熄灭蜡烛，十分爱惜这满屋的月光；披上衣服，突然感觉到露水的凉意。我不能捧着月光赠送，只希望能够在梦中相聚。

用双手捧满月光

一轮明月高高地挂在墨蓝色的天空上，清澈如水的光辉洒在辽阔无垠的水面上，泛起粼粼波光。虽然已是深夜，可张九龄辗转反侧，想起远在家乡的亲人，怎么也睡不着。

张九龄出生于官宦世家，年轻的时候参加科举考中进士，因为才华横溢，颇受皇帝赏识，一路坐到了丞相的位置上。如此顺遂的人生，谁能不羡慕呢！

当时唐朝虽然处于全盛时期，可也潜伏着种种危机，张九龄反对穷兵黩武，坚持革新吏治，注重选贤任能。他性情耿直，在主理朝政期间，敢于向皇帝直言进谏，平息了宫廷内乱，挫败了小人阴谋，为治理国家做出了突出的贡献。

可惜的是，唐玄宗被奸臣李林甫的谗言所惑，不让张九龄继续当丞相了。之后，因为张九龄举荐的监察御史周子谅直言触怒了唐玄宗，张九龄被贬为荆州长史，令人叹息！

月光洒满屋子，张九龄披上衣服坐在床边，他将蜡烛熄灭，一个人静静地享受着盈盈的月光。他在院子里来回踱步，想念远方的家人，夜色已深，露水不知不觉沾湿了身上的衣裳，可他丝毫没有察觉。

张九龄对着月亮自言自语，说："多么美的月光！可惜，我没有办法用双手捧满月光赠送给你们，只能在梦中相聚了。"

月光淡淡的、柔柔的，如流水一般，将大地点缀得斑驳陆离。世

界格外安静，只剩下张九龄的踱步声与深深的叹息声。

作者

张九龄（673 或 678—740），唐代诗人，唐开元年间的尚书丞相，有“岭南第一人”之称。他的诗大多是五言绝句，用词朴素精练，常用诗来抒发自己的豪情壮志，并在扫除六朝绮靡诗风方面颇有成就。

天涯共此时

亲朋好友虽远在天涯海角，但此时看到的都是同一轮明月。“天涯共此时”与谢庄《月赋》中的“隔千里兮共明月”以及苏轼《水调歌头·明月几时有》中的“但愿人长久，千里共婵娟”之意大同小异，只是题材不同而已，三者各有千秋。

写作小技巧

“盈手”是双手捧满之意，陆机的《拟明月何皎皎》中说：“照之有余辉，揽之不盈手。”我们可以把摸不着的月光看作实物，将月光洒在手上描述为“捧一把如水月辉”，更加具有诗意。

十五夜[①]望月

唐 · 王建

中庭地白树栖鸦，冷露无声湿桂花。
今夜月明人尽望，不知秋思[②]落谁家。

注音注释

① 十五夜：农历八月十五的夜晚。

② 秋思：秋日怀人的情思。

原文翻译

庭院里地面雪白，树上栖息着鸦雀，秋露无声无息，打湿了树上的桂花。今晚月色明朗，人人仰望天空，不知秋天的情思落在了谁家？

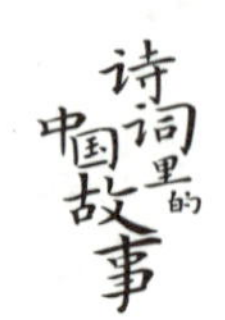

秋思今夜落谁家

月光照射在庭院中，地上好像铺了一层白霜。鸦雀栖息在树枝上沉沉地睡去，深夜中的聒噪声逐渐地消停下来。

王建孤独地在庭院里漫步，清冷的露珠悄无声息地打湿了院中的桂花树，使他感受到，秋天的凉意正不知不觉地袭入世界的每一个角落，包括他的心。

王建一片一片地数着桂花金色的花瓣，轻嗅着从桂花上散发出的沁人心脾的香气，内心感到十分寂寞。他出身寒微，生活穷困潦倒，虽然会写点诗文，但想要施展抱负却并非易事。如今，他远离家乡，看着皎洁的明月和沾湿的桂花，心中就像打翻了调味瓶一般不是滋味。他心里想：月华如水，月亮上的广寒宫里，吴刚是否还在砍着桂花树？冷露轻盈，树下的玉兔是否也被露水沾湿了绒毛？

王建知道，在这样美好的月夜，在大地上的每一个角落，都会有人静静地凝望着那轮明月。他们也许阖家团圆，享受着欢乐的时光；也许也像自己一样飘零在外，饱受思念之苦。

他不由得叹息一声："在望月的许多人中，秋思最深的恐怕只有我吧！"他仿佛看到，那绵绵秋思随着银月的清辉一齐洒落人间，不知道最终落到了谁家，激起一片涟漪，又随风飘去了天涯。

作者

王建（约767—约830），唐代诗人，擅长写乐府诗，与张籍齐名，世称“张王”。其诗歌大多是以水夫、织女、田家等题材为主，充满了生活气息，也反映了当时的社会现实。

桂花

作为我国传统十大名花之一，桂花一直以来都以绝尘的气味深受人们的喜爱。其味浓香远，尤其是在仲秋之时，丛桂怒放，浓郁且柔和的桂花香扑面而来，让人心旷神怡；而用桂花酿造的桂花酒更是口感醇厚，有开胃、健脾之效；用桂花制成的糕点香甜可口，非常符合大众的口味。

写作小技巧

“情思”本是看不见、摸不着的抽象事物，诗中用“落”字让画面一下子生动鲜活起来。写作的时候，可以用动词让抽象事物具体化，如“老师的话语敲击着我的心灵”。

相思

唐 · 王维

红豆生南国，春来发几枝。
愿君多采撷①，此物最相思。

注音注释

① 采撷（xié）：采摘。

原文翻译

红豆生长在温暖的南方，每到春天都会长出新枝叶。希望你多多采摘，因为它最能寄托相思之情。

诗词故事

南国红豆多采撷

春光明媚，万物复苏，王维看着窗外的景色，不由得想起了身在南方的友人。

王维已经好久没有与好友相聚，他心里满是思念：南方的春天想必会来得更早一些，红豆树应该已经萌发娇嫩的新叶，迸发出勃勃生机了吧？他对红豆有一种别样的情愫，每每想起，心中总会涌动着别样的情绪。

“红豆”与“相思”产生联系，是因为一个传说。相传，古代有一位男子出征打仗，很长时间都没有回来。他的妻子每天站在高山上的大树旁翘首等待，等了一个又一个春秋，最终却等来了丈夫战死的消息。她心中悲痛不已，日日夜夜在大树底下思念丈夫，泪水流干后，流出来的是鲜红的血滴。血滴落在地上，化为颗颗红豆，在春天生根发芽，结满一树红艳艳的果实。从此，人们便称红豆为“相思子”。

多么浪漫而悲情的爱情故事！王维心里想：红豆可以寄托爱情，又何尝不能寄托友情呢？他的眼前仿佛浮现出这样的情景：到了红豆成熟的季节，满树色艳如血的果实晶莹润泽，朋友站在树下，摘下一颗颗饱满的红豆，穿成漂亮的珠串戴在腕上。

王维还听到朋友喃喃自语道：“下次寄信的时候，一定不能忘了给王维多寄一些红豆……”想到这里，王维不知不觉地流泪了！

百科小贴士

流行乐曲《相思》

王维的《相思》经乐工谱曲后，曾广为流传。安史之乱后，流落江南的唐宫乐师李龟年曾在筵席上演唱此诗，让满座人士想起了故土和亲人，不由得潸然泪下。

红豆

自古以来，红豆就承载着人们的相思之情。民间认为，相思红豆有灵性，能为人带来好运。女性常佩戴红豆制成的精美饰品，祈求迎来好运气；恋人们会送给对方相思红豆，希望爱情顺利、白头偕老。

写作小技巧

此诗写相思之情，却全篇不离红豆。“借物抒情”是常用的写作手法，即将感情寄托在特定的事物上，使人见到事物就会触发各种各样的情思，比如本诗中的“红豆”与“相思”。

辑四

两情若是久长时，又岂在朝朝暮暮

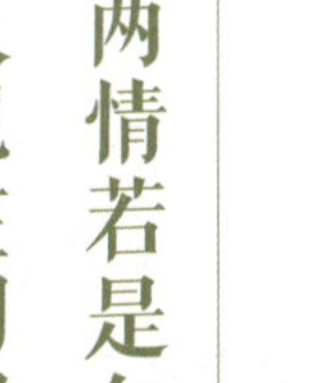

关雎

先秦 · 佚名

关关①雎鸠，在河之洲。窈窕淑女，君子好逑②。
参差荇菜③，左右流④之。窈窕淑女，寤寐⑤求之。
求之不得，寤寐思服。悠哉悠哉，辗转反侧。
参差荇菜，左右采之。窈窕淑女，琴瑟友之。
参差荇菜，左右芼⑥之。窈窕淑女，钟鼓乐之。

注音注释

① 关关：形容雌雄二鸟应和的啼鸣声，为象声词。

② 好逑（hǎo qiú）：好配偶。

③ 荇（xìng）菜：一种水草，可食用。

④ 流：求取。

⑤ 寤寐（wù mèi）：醒和睡。这里指日日夜夜。

⑥ 芼（mào）：选择、挑选。

原文翻译

雎鸠和鸣，栖息在河中小洲。美丽贤淑的女子，是君子的好配偶。参差不齐的荇菜，左右两边摘取。美丽贤淑的女子，日夜都想追求她。

追求却没法得到，日日夜夜思念她。思念绵绵不绝，叫人难以入睡。

参差不齐的荇菜，左右两边采它。美丽贤淑的女子，弹起琴瑟来和她交流。

参差不齐的荇菜，左右两边摘它。美丽贤淑的女子，敲起钟鼓来和她开心快乐。

窈窕淑女，君子好逑

阳光明媚，河水澄澈，水中的沙洲上，栖息着许多雎鸠。每年的求偶季节里，雄鸟与雌鸟都会在这里如约聚首，在江河中的沙洲上嬉戏觅食。

“关！”一只鸟儿扑棱着翅膀，发出悦耳的叫声。

“关！”另一只鸟儿甩甩头，马上应和。

在悠悠的流水边，一名妙龄女子正在浣洗衣裳。她的容貌十分秀美，有着清澈明亮的双眸和弯弯的柳叶眉，一双长长的睫毛微微颤抖，饱满的双唇像是春日刚绽放的花儿一般娇艳欲滴。

一位少年路过，被姑娘的容颜与气质深深吸引，他呆呆地望着她。而妙龄女子似乎感受到了少年的目光，抬头对视，而后羞涩一笑，红着

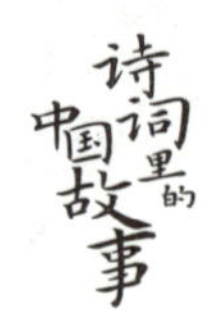

脸低下了头。

回到家里，少年怎么都睡不着，他的心里都是那位少女的窈窕模样。第二天，他再次来到河边，有许多人正坐着小船采摘荇菜。他们伸出身子，用手挑选着最嫩最绿的叶子，忙得不亦乐乎。少年四处张望着，发现了她的身影，他想和她打个招呼，她却摆摆手，羞涩地跑开了。

少年失魂落魄地回到家，几天几夜都没有睡好。随后的几天，他带着钟鼓琴瑟来到河边，为她表演美妙的音乐。那位少女被优美的音乐吸引了，陶醉地听着，时而微笑着，一举一动都牵动着少年的心。

沙洲中的雎鸠时常发出“关关”的和鸣，仿佛在为少年伴奏，而少年的心中只希望自己能够收获这梦寐以求的爱情。

《诗经》

《诗经》收录了从西周初年到春秋中叶的诗歌，开启了古代诗歌的大门，是中国最早的一部诗歌总集。《诗经》分“风”“雅”“颂”三个部分，反映了压迫、反抗、战争、爱情、祭祖、宴会、劳动、天象、地貌、动植物等各个方面的内容。

写作小技巧

本首诗歌主要用了“兴”的手法，先写别的景物，以引起所咏之物，即以“雎鸠鸣叫”兴“淑女应配君子”，以“采摘荇菜”兴“淑女之难求”。写作中可用这种表现手法，达到委婉含蓄的抒情效果。

蒹葭

先秦·佚名

蒹[1]葭[2]苍苍[3]，白露为霜。所谓伊人，在水一方。
溯洄[4]从之，道阻且长。溯游从之，宛在水中央。
蒹葭萋萋，白露未晞[5]。所谓伊人，在水之湄。
溯洄从之，道阻且跻[6]。溯游从之，宛在水中坻[7]。
蒹葭采采，白露未已。所谓伊人，在水之涘[8]。
溯洄从之，道阻且右[9]。溯游从之，宛在水中沚[10]。

注音注释

① 蒹（jiān）：还未长穗的芦苇。

② 葭（jiā）：刚刚长出来的芦苇。

③ 苍苍：形容草木繁茂的样子。

④ 溯洄：逆流而上。

⑤ 晞（xī）：干。

⑥ 跻（jī）：道路陡高，十分难走。

⑦ 坻（chí）：水中的沙洲。

⑧ 涘（sì）：水边。

⑨ 右：向右弯曲。

⑩ 沚（zhǐ）：水里的沙洲。

原文翻译

河边的芦苇非常茂盛，秋晨的露水凝结成霜。我喜欢的人在何处？就在河水那一方。

逆流而上去找她，道路险而漫长。顺流而下寻寻觅觅，仿佛就在那水中央。

河边的芦苇非常茂盛，清晨的露水还没有干。我喜欢的人在何处？就在河岸那一边。

逆流而上去找她，道路又陡又高。顺流而下寻寻觅觅，仿佛就在水中沙滩上。

河边的芦苇非常茂盛，早晨的露水未全蒸发。我喜欢的人在何处？就在水边那一头。

逆流而上去找她，道路迂回曲折。顺流而下寻寻觅觅，仿佛就在水中小洲上。

诗词故事

所谓伊人，在水一方

晨雾似乳白色的薄纱，如梦、如幻，如诗、如画，早悄无声息地笼罩着一切，使人有种飘飘然乘云欲归的感觉。清澈的河水潺潺地向远方流去，岸边的芦苇非常茂盛，已经长出长剑一般的叶子，放眼望去满眼的绿意。晶莹的露珠已凝成薄霜，在芦苇叶上微微泛着白光。

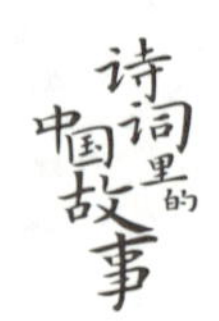

一位少年漫步在河边，他远远地看到，水边有一位美丽的姑娘正踏着清晨的露水玩耍。她时而折下一支鲜嫩的芦苇叶，编织成小动物的模样；时而向水中扔着小石子，激起阵阵水花；时而吹几声悦耳的口哨，与水鸟打着招呼……

少年的心仿佛被什么东西击中了一般，他迈过人间万物，从不慌张，唯独看到少女的那一刻方寸大乱。他逆流而上，追寻着少女的脚步，可是道路却比想象中的还要崎岖坎坷。

当他气喘吁吁地顺着迂回曲折的河岸到达刚才少女玩耍的地方时，却发现她的身影已经消失不见。回首望去，少女已经站在另一处沙洲上欣赏着美丽的风景。他顺流而下去追寻，那位姑娘似乎近在咫尺，就在河岸那一边冲着他微笑。可他寻寻觅觅，怎么都追不上她的脚步……

芦苇随风起伏，护送着河水一路流去，流水的哗哗声与芦苇的沙沙声，仿佛是少年绵绵的情意，缓缓地流向远方。

《诗经》中的“赋”“比”“兴”

“赋”“比”“兴”是《诗经》中最常用的手法：“赋”即平铺直叙，相当于如今的“排比”；“比”即类比或比喻，使其特点更鲜明；“兴”即以其他事物为发端，引起所要歌咏的内容，为诗歌增加韵味。

写作小技巧

本诗多用排比，相同意思的字词都换成了同义词、近义词，让词句富有变化，显得不那么枯燥乏味。在平时阅读的过程中，可以多积累一些同义词，如根据不同的情境，“看”可以分为俯视、仰视、遥望、观看、注视等。

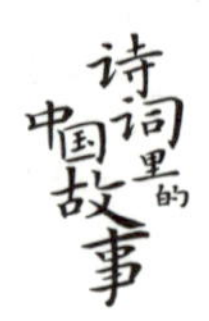

无题·昨夜星辰昨夜风

唐·李商隐

昨夜星辰昨夜风，画楼西畔桂堂①东。
身无彩凤双飞翼，心有灵犀②一点通。
隔座送钩春酒暖，分曹③射覆④蜡灯红。
嗟余听鼓应官去，走马兰台⑤类转蓬。

注音注释

① 画楼、桂堂：比喻富人家的房屋。

② 灵犀：传说犀牛是神兽，角中有白纹，直通两头。

③ 分曹：分组。

④ 射覆：一种游戏，在覆器下放东西让人猜。

⑤ 兰台：即秘书省，负责掌管书籍。

原文翻译

昨夜星光璀璨，半夜吹起凉风，我们的酒筵设在画楼西畔、桂堂之东。你我身上虽没有彩凤的双翼，不能比翼齐飞，但感情相通。互相猜钩嬉戏，喝着暖暖的春酒，分组做游戏，烛光泛着红光。可叹我听到更鼓报晓之声就要去当差，策马赶到兰台，像随风飘转的蓬蒿。

心有灵犀一点通

李商隐出身衰门弱族，父亲早早便去世了。他为生活所迫，四处奔走赚钱养家，同时投递诗文结识各方，想要博取功名，出人头地。

幸运的是，他结识了封疆大吏令狐楚。令狐楚对李商隐的诗文赞叹不已，便将他带到府上极力栽培，还把自己的骈文绝学传授给他。就这样，有了贵人相助，李商隐的才华更加出众，成了首屈一指的大才子。

曲江池畔的塔楼中，年轻的新晋进士李商隐风光无限，正与好友们谈笑风生，目光却被一位容颜秀美、巧笑倩兮的少女吸引了。这位姑娘便是泾原节度使王茂元的女儿。

在宴会上，大家喝着暖暖的春酒，互相猜钩嬉戏，而李商隐与王姑娘一见钟情，碰撞出了爱情的火花。

李商隐没想到自己会因此被卷入晚唐的“牛李党争”之中，断送了一生的前途——他的恩师令狐楚属于牛党，而岳父属于李党！新婚之后，李商隐参加了朝廷的选官考试，虽然他的试卷答得很好，但牛党高层却大笔一挥，画掉了他的名字，让他悲愤不已。

就这样，李商隐一直在牛李两派的夹缝中艰难生存，再也没能进入核心圈。但他已经看开了一切，与一生挚爱在一起，无怨无悔！

只可惜，王氏夫人并没有陪伴李商隐太久就因病去世了。在一次宴席上，人们玩着隔座送钩、分组射覆的游戏，觥筹交错，灯红酒绿，

其乐融融。可李商隐却心情低落，因为宴席上已经没有了佳人的身影。

李商隐喝了一杯又一杯，直到听到更鼓报晓之声之后，才意识到自己还要上班。在秘书省进进出出，好像蓬草般随风飘舞，他已身心疲惫，心生厌倦。多希望自己在大醉中忘记一切烦恼，在梦中再见到自己的爱人啊！

送钩

送钩，亦称藏钩，是古代的一种游戏活动，通常是将参与者分为两组，然后互相传送钩，最后一个人将钩藏好，由他人来猜在谁的手上，猜对者即为胜利，猜错者则需要被罚酒。

牛李党争

唐朝宦官专权期间，以迎合宦官为合，不合者则会受到排挤。迎合宦官的人又分为牛党和李党两派，分别以牛僧孺和李德裕为首领，这两派在朝中互相对峙，从唐宪宗到唐宣宗一直争吵不休，持续将近四十年的时间。

写作小技巧

在写作中，为了体现双方对彼此的心思能心领神会，可以运用“心有灵犀”这一成语。如：我跟同桌都为对方准备了开学礼物，真是心有灵犀啊！

题都①城南庄

唐 · 崔护

去年今日此门中，人面②桃花相映红。
人面不知何处去，桃花依旧笑春风。

注音注释

① 都：指唐朝的京城长安。

② 人面：指姑娘的脸。下一处“人面”指代姑娘。

原文翻译

去年的这个时候，我站在门口，只见那美丽的脸庞和桃花彼此映衬，一片绯红。今日再来此地，那姑娘不知到哪里去了，只有桃花依旧在春风中绚烂盛开。

人面桃花相映红

在长安城南遇到她的时候，崔护还只是一介书生。

这一年，崔护前往长安考进士，虽然他平日勤奋苦读，但最终依旧不幸落榜。崔护的心情甚是低落，便独自到长安城南散心。

春光明媚，山上的桃花正热烈地盛开着，美若粉雾，灿若朝霞，崔护的心情顿时舒畅了不少。不知不觉，他穿过一片桃花林，隐约看到不远处竟有一户人家。

崔护抿了抿干渴的嘴唇，走上前去，轻轻地叩响了农户的大门。开门的是一位妙龄少女，只见她容貌清秀，就像出水芙蓉一般，未施粉黛，素净淡雅的布衣更将她衬托得灵动万分。听说崔护口渴，姑娘便端来一杯茶水，靠在一棵桃树下，微笑着看着他。

眼前桃花灿烂绽放，少女巧笑倩兮，美丽的脸庞和桃花彼此映衬，绯红一片，瞬间击中了崔护的心灵。他情不自禁地与少女聊天，少女只说她小字绛娘，随父亲居住在这里，随后笑而不语。

崔护心想：刚相识就问这么多，确实有些唐突了。他依依不舍地与绛娘告别，遥望着那一片灿烂的桃花林，心中都是绛娘的一颦一笑。他下定决心把对绛娘的爱慕深深地藏在心底，等到来年考试结束，一定再来城南，与绛娘一同欣赏桃花。

转眼到了来年春天，百花接连盛开，崔护触景生情，想起了城南的那一片桃花林，心中炽热的感情再度被点燃。他再次来到城南，看到了那片熟悉的桃花林和古朴的屋舍，激动地奔上前去。

可是，一把生锈的大锁浇灭了他的热情，透过门缝看到院内杂草丛生。随处可见的蛛网告诉他，这里已经很久没有人居住了。他的心中十分悔恨，当初为何不多问绛娘几句，这样他也许还能打探到她的

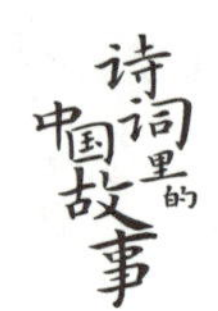

消息。

周围的桃花灼灼其华，微风拂过，纷纷扬扬的花瓣飘落下来。崔护仿佛看到了绛娘在花瓣雨中冲他挥手告别，随后一步步走远，最终消失在这烂漫的春光中……

作者

崔护（?—831），字殷功，唐代诗人，贞元十二年（796）进士及第。他的诗歌用词精练，诗风清新，《全唐诗》中流传下来的六首诗都是经典之作，最出名的是《题都城南庄》。

桃花

桃花是我国本土植物，集观赏、食用、美容和药用价值为一身。桃花的栽培历史源远流长，如今，亚洲以及西方等国家和地区都有种植。

写作小技巧

描写人的面色美丽时，可以用花儿进行互衬，正如诗中“人面桃花相映红”所述，春风中的桃花灼灼绽放，美女的脸色粉白透红，可谓人花相映成趣。

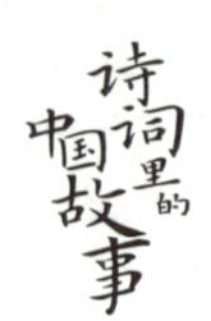

新添声杨柳枝词二首·其二

唐·温庭筠

井底点灯深烛伊①，共郎长行②莫围棋。
玲珑③骰子安红豆，入骨相思知不知。

注音注释

① 伊：人称代词，“你”。

② 长行：唐代十分流行的一种博戏。

③ 玲珑：精致的样子。

原文翻译

像在深井里点亮烛火嘱咐你，此去路途遥远，我的心与你相伴，千万不要贪玩忘了归期。玲珑骰子镶嵌着红豆，你可知道我的思念深深入骨？

你可知我入骨相思？

深夜，一个男子正在收拾行囊，准备第二天远行。妻子站在一边一脸忧虑，眉头紧锁。她动了动嘴唇，却欲言又止。

男子拍拍她的肩膀，安慰道："放心吧，我这次只是暂时出差，忙完了就第一时间回家陪你！"

而妻子却一语不发，她拉着男子来到院里的枯井边，点燃一盏灯火，放到井底，说："深烛，深烛，我是想深深嘱咐你几句。"男子"扑哧"一声笑了，说："都老夫老妻了，你讲话还这么有趣！"

第二天，男子即将出发。妻子一脸凝重，说："路途遥远，你一定会遇到很多很多事，我的心始终跟你在一起。你可以玩'长行局'，但不能下'围棋'。"

男子听罢满脸问号："娘子这么说又是为何？"

妻子解释道："你这次出门时间久，算是'长行'，当然可玩'长行局'。可下一局围棋时间太久太久，我怕你耽于博弈，玩得回家的时间都忘了，所以，请你不要'违期'！"

男子哈哈大笑，说："娘子真是风趣。我已经把你的话都记在心里了，一定不会去下'围棋'的！"说完，他翻身上马，冲着妻子挥挥手，便踏上了旅程。

妻子的心里非常难过，在随后的日子里，她每天都在计算丈夫还有多久才能回来。每当她思念丈夫时，便会拿起桌子上的骰子，抚摸着

深深刻下的红色点数，心里默默想道：“你可知我对你的思念早已刻进骨子里，就像这红豆深深嵌入其中，再也不能改变！”

骰子

一种博具，传说其创作者为三国曹植。最开始是用玉来制作，后来才用骨料制作。它呈小正方体的形状，一共有 6 个面，每个面都刻有 1~6 个不同数目的圆点，除了 1 和 4 是红色点数之外，其他的均为黑色。而这红点，也被喻为相思的红豆。

写作小技巧

写作时可借鉴本诗中谐音双关的修辞手法：“深烛”音谐“深嘱”，写女子“深嘱”丈夫；“长行”即用博戏的名称双关“长途旅行”；“围棋”为“违期”的谐音，劝“郎”莫要误了归期。

离思五首·其四

唐·元稹

曾经[①]沧海难为[②]水，除却巫山不是云。
取次[③]花丛懒回顾，半缘[④]修道半缘君。

注音注释

① **曾经**：曾经到过。

② **难为**：不值得一看。

③ **取次**：随意。

④ **半缘**：一半是由于。

原文翻译

见过汹涌的大海，别处的水再也不值得一观。曾陶醉于巫山的云彩，别处的云就黯然失色。即使身处万花丛中，我也懒得回头看一眼，一半是因为修道人清心寡欲，一半是因为想你。

曾经沧海难为水

唐贞元十八年（802），二十三岁的元稹来到长安应试，考了个好成绩。放榜那天，元稹从繁华的街道打马而过，韦丛一眼便相中了他。

韦丛的父亲是韦夏卿，有权有势，而元稹自幼家道落魄，经历种种坎坷才走到今日。可韦丛看中了元稹这个人，便义无反顾地下嫁于他。

婚后的生活平淡却又幸福。她曾是被全家人捧在手心里的千金大小姐，如今却为了爱情甘愿忍受清贫生活。她缝补衣衫，吃糠咽菜，为了元稹四处奔走。

元稹感动不已。他曾一心博取功名，羡慕别人的娇妻，可当韦丛温柔地冲他笑的时候，他觉得自己已经不羡慕任何人了，韦丛就是他最珍贵的宝贝。

不幸的事情总是发生得猝不及防。元稹因触怒了权贵备受排挤，不得不离开京城，而不久后，二十七岁的韦丛在家中因重病而逝。

元稹赶回家中，看到空荡荡的房间，他感到整个人已经四分五裂，无法接受这个残酷的事实。太阳照常升起，可他最爱的人再也不能陪伴在他的身边了。

此后日日夜夜，元稹都思念着韦丛。他翻出韦丛生前给自己写的信，顿时泪流满面。他与朋友们一起喝酒，每当酩酊大醉时，口口声声呼唤的都是韦丛的名字。

韦丛多像那汹涌的海、巫山的云啊！其他地方的水和云，再也无法打动他的心！

百科小贴士

作者

元稹（779—831），字微之，别字威明，北魏宗室鲜卑族拓跋部后裔。他与白居易同为“新乐府”运动倡导者，因此世人常称两人为“元白”。

巫山的云

巫山位于重庆市东北部，山高峡窄，在巴山雨季时期，峡谷里水汽凝结，长聚不散，非常容易形成云雾。巫山的云千姿百态，让人感到宛若在仙境一般。

写作小技巧

在描述感情的时候，可以引用“曾经沧海难为水，除却巫山不是云”来形容感情就像沧海之水和巫山之云，其深广和美好是无与伦比的。

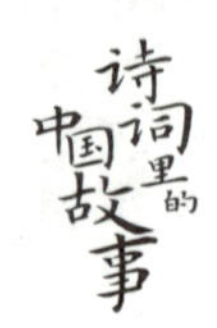

江城子·乙卯正月二十日夜记梦

宋·苏轼

十年生死两茫茫，不思量[①]，自难忘。千里孤坟，无处话凄凉。纵使相逢应不识，尘满面，鬓如霜。

夜来幽梦[②]忽还乡，小轩窗，正梳妆。相顾无言，惟有泪千行。料得年年肠断处，明月夜，短松冈[③]。

注音注释

① 思量：思念。

② 幽梦：朦胧隐约的梦境。

③ 短松冈：长着矮小松树的山冈，苏轼妻子坟墓所在地。

原文翻译

我们诀别已经整整十年，我强忍着不去思念，可终究无法忘记你。你的孤坟远在千里之外，我没有地方能诉说心中的悲伤。即使我们夫妻相逢，你应该也认不出我来了，我现在已是灰尘满面，两鬓如霜。

昨晚做梦回到家乡，看见你正在小窗前对镜梳妆。我们默默对视，泪流满面。柔肠寸断的地方，就在那月明之夜、矮松山冈上。

十年阴阳两隔，唯有泪千行

四川眉州青神县岷江之畔，有一座风景秀美的山峰——中岩山，乡贡进士王方在山中的“中岩书院”教书。青年苏轼背着行囊来到这里求学，为了美好的未来发奋苦读。

山上有一座由山泉汇集而成的清池，池水清澈见底，只要有人在池边拍掌，无数的鱼儿便会游出嬉戏，宛如凌空浮游。苏轼很喜欢这处美景，便向老师王方建议，为清池取个名字。于是，王方便邀请名人文士及院内诸生为该池命名。

有人提议叫“戏鱼池”，还有人说叫“观鱼塘”，王方都觉得不满意，而苏轼提笔写下“唤鱼池”三字，让王方赞叹不已。恰在这时，王方的女儿王弗让丫鬟送来字条。王方打开后，上面竟然也写着“唤鱼池”。

王方非常欣赏苏轼的才华，而王弗与苏轼心有灵犀，情投意合，后来自然走进了婚姻的殿堂。王弗善良贤惠，知书达礼，可惜苍天无情，才貌双全的王弗年纪轻轻就病逝了，这让苏轼痛苦不堪。就在王弗死后不到一年，苏轼的父亲苏洵病故，苏轼便将父亲和王弗的棺椁一同运回老家埋葬。

苏轼返回京都后，由于得罪了新任宰相王安石，被新党打压。他在官场上历尽坎坷，不断被贬谪，孤独失意的时候，却再也没有人陪伴在他的身边。

王弗的葬地四川眉山与苏轼的任所山东密州相隔遥远，苏轼每每想起，都不禁痛哭流涕。那种共担忧患的夫妻感情，久而弥笃，一时一刻都不能消除。

不知不觉，夫妻阴阳相隔已经有十年了，苏轼头上已经长出了白发。这天，他在梦中又看到王弗在小窗前对镜梳妆，他走上前去，与王弗相顾无言。别后种种无从说起，只能任凭泪水滑落，像断了线的珠子一样沾湿了衣裳。

梦醒了，苏轼的泪水打湿了枕头。在这凄冷幽独的明月夜，若是亡妻天上有知，也会在那种满松树的山冈上，望着自己的方向柔肠寸断吧？

王弗“幕后听言”

苏轼本人比较豪爽，不拘小节，王弗则成了他的“贤内助”。当有人登门拜访苏轼时，她会在屏风后面，从对话中判断这人的性情，事后把总结和看法告诉苏轼，提醒他哪些是奸诈小人，结果无不言中。

写作小技巧

描写相思尤其是双方阴阳两隔的时候，可以通过梦境与幻觉勾勒出再度见面时的情景，以及描写梦醒后的失落与悲伤，通过对比，突出思念的苦楚与悲凉。

雨霖铃

宋 · 柳永

寒蝉凄切，对长亭晚，骤雨初歇。都门[①]帐饮无绪，留恋处，兰舟催发。执手相看泪眼，竟无语凝噎[②]。念去去，千里烟波，暮霭沉沉楚天[③]阔。

多情自古伤离别，更那堪，冷落清秋节！今宵酒醒何处？杨柳岸，晓风残月。此去经年[④]，应是良辰好景虚设。便纵有千种风情，更与何人说？

注音注释

① 都门：这里指北宋都城汴京（今河南开封）。

② 凝噎：喉咙哽咽，说不出话。

③ 楚天：南方楚地的天空。

④ 经年：一年又一年。

原文翻译

秋蝉的叫声十分凄凉。傍晚时分，雨停了，我面对着长亭。在京都郊外设帐为我饯行，我却没有心情喝酒。正在依依不舍的时候，船上的人已催促我出发。握着对方的手含泪对视，不禁哽咽。想到这一去路途遥远，千里烟波渺茫，傍晚的云雾遮蔽天空，厚重又广阔。

自古以来，多情的人总是为离别而伤心，更何况是在这清冷的秋天！今夜酒醒时，我会身在何处？恐怕只剩下杨柳岸边的晨风和残月了。年复一年，即使遇到好风景，也如同虚设。即使有千千万万种情意，又能同谁诉说呢？

风流填词家柳永的爱情邂逅

在北宋，谁不知道柳永这位璀璨耀眼的明星？柳永少年时到汴京应试，不料发挥失常，名落孙山。备受打击的柳永流连于青楼歌女之间，由于擅长词曲，替歌女们填词作曲，以此排遣自己的忧虑。

为了宽慰自己，他还写了一首词，表达自己对官场的不屑，大意是：仕途都是浮云，我不屑当官，我要游戏人生，潇洒自在！谁知，这首词竟传到了皇帝那里，皇帝心里很不爽——好啊，敢说这种话，那你就好好填词作曲去吧！

得罪皇帝的后果很严重，柳永真的很难做官了，他只得在汴京、苏州、杭州等地流连。由于失意无聊，精通音律的柳永创作出大量适合歌唱的词，受到广大市民的欢迎。在当时，他每出一个作品，都会迅速流行，上至王公贵族，下至贩夫走卒，可谓是“凡有井水处，皆能歌柳词”。

作为当时的音乐明星，柳永的身边自然不乏各种美人。他很快便

认识了一位姑娘，并与她成了恋人。两人情深意切，感情非常好。在一个深秋的傍晚，柳永要从汴京南下，不得不与心爱的姑娘分别。他们坐在临时搭起的帐篷里，一边喝酒一边话别。

帐外，天色昏暗，一场大雨刚刚停歇，两个人的心情十分沉重。寒蝉凄惨地哀鸣，好像在为他俩的离别而哭泣。两人正在难分难舍之时，河边却传来艄公的喊声："快上船吧，要开船了！"他们走出帐篷，双手紧紧握在一起，泪眼婆娑地看着对方，却一句话都说不出，可谓"柔情蜜意千千万，唯在泪花闪烁间"。

柳永坐着船离去了，小船消失在无边无际的暮霭里。他心如刀绞，离别之时，难过是很正常的，可在这清秋冷落的时节，这叫人怎能忍受？

等到柳永酒醒，已是黎明时分，岸边的杨柳、黎明时的冷风、空中

的残月是那样真实，他的身边却没有了那个心心念念的身影。和心爱的人长期分离，再好的景色，也没有心思去欣赏，生活中的酸甜苦辣，又能跟谁说呢？

百科小贴士

作者

柳永（约 987—约 1053），北宋婉约派词人。他喜欢选择城市风光作为词的题材，擅长写抒发羁旅行役之情的词作，在当时十分有名。代表作有《雨霖铃》《八声甘州》。

长亭

十里长亭，是古代供行人休息的地方，一般修建于交通要道旁边，每座长亭之间间隔约十里。在临近城市的长亭经常可以看到送别的画面。

写作小技巧

“执手相看泪眼，竟无语凝噎”这一细节描写非常生动。双方心中有千万句话要对彼此说，真正到了嘴边却又哽咽了，只能含着泪将双手紧紧地握在一起。这一句话适合描写离别或重逢时人物激动的场景。

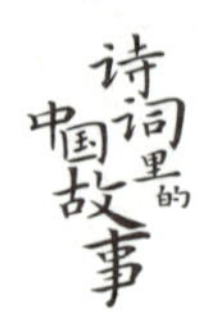

醉花阴

宋 · 李清照

薄雾浓云愁永昼①，瑞脑②销金兽③。佳节又重阳，玉枕纱厨④，半夜凉初透。

东篱把酒黄昏后，有暗香盈袖。莫道不销魂，帘卷西风，人比黄花⑤瘦。

注音注释

① 愁永昼：终日心情烦躁郁闷。

② 瑞脑：一种熏香名，又称龙脑。

③ 金兽：兽形的铜制香炉。

④ 纱厨：指纱帐，可防蚊蝇。

⑤ 黄花：这里指菊花。

原文翻译

薄雾弥漫，云层厚重，真发愁怎么度过这漫长的白天，龙脑香在香炉中燃烧着。又到了重阳佳节，睡在玉枕纱帐中，半夜的凉气把整个人都浸透了。

在东篱饮酒直到黄昏以后，幽暗的清香溢满双袖。这真是令人伤感，秋风吹动帘子，人比那黄花还要瘦弱。

诗词故事

李清照与赵明诚的“珠联璧合”

重阳佳节，本是亲友团聚，相携登高，佩茱萸，饮菊酒的时候，而对李清照来说，今年的重阳格外漫长难挨。

最近天气转凉，到了重阳这天，天空从早到晚都布满“薄雾浓云”，阴沉沉的天气真是令人愁闷。李清照独自坐在家里，看着香炉里瑞脑香的袅袅青烟发呆，想念着此时此刻还在外远行的丈夫赵明诚。

赵明诚是北宋名臣赵挺之的儿子，也是汴京城里有名的才子。有一年元宵节，他与李清照的堂兄外出游玩，在相国寺赏花灯的时候认识了李清照，为她的才貌倾心不已。

李清照是当时礼部员外郎李格非之女，两人郎才女貌，双方父亲又是同僚，自然一拍即合。就这样，1101 年，十八岁的李清照嫁给了赵明诚。

结婚之后，两个人情趣相投，志同道合，都喜欢收藏文物书画，时常在一起谈论文学诗赋、饮酒斗茶，度过了美好的时光。不过婚后不久，丈夫便“负笈远游”。李清照与相爱至深的丈夫赵明诚分离两地，她每天都深深地思念着远行的丈夫。

这一年，又是重阳节，菊花开得极盛极美，李清照一直呆坐到傍晚。她一边饮酒，一边赏菊，闻着幽幽菊花香，不禁触景伤情：人逢佳节倍思亲，菊花如此美，多么想摘下几朵送给远方的赵明诚啊！

李清照没有了饮酒赏菊的兴致，她回到房间，瑟瑟西风掀起帘子，令人感到一阵寒意。李清照想起了院内瘦细的菊花斗风傲霜，而自己却悲秋伤别，人可比这菊花瘦多了！她铺开纸墨，写下了一首《醉花阴》，想送给赵明诚。

赵明诚后来读过之后赞叹不已，他想要与李清照比试一番，便花了三天的时间写了几十首词，把李清照的词放在其中，让友人陆德夫品鉴。友人表示，只有“莫道不销魂，帘卷西风，人比黄花瘦”绝佳，赵明诚更加钦佩李清照的才华。

作者

李清照（1084—约 1155），号易安居士，宋代词人，有“千古第一才女”之称，婉约派代表词人。所作之词，前期以悠闲生活为主，后期的作品则大多都在悲叹自己的身世，较为感伤。

古代防蚊妙招

翠纱之帱，相当于现在的蚊帐，在春秋时期就有出现，齐桓公经常用来避蚊，其制作原料主要是蚕丝、麻布纤维。除此之外，古人也经常将藿香、薄荷、艾草等这些具有特殊气味的中药材制成香囊，挂在床边，也可以戴在身上，用于驱蚊。

写作小技巧

把人的消瘦和菊花的细长做比较，更加突出作者因苦苦思念而茶饭不思、日渐消瘦的状态。在进行人物描写的时候，可以写“比小草还要纤瘦”“比松树还要健壮”“笑容比花儿还要灿烂”等。

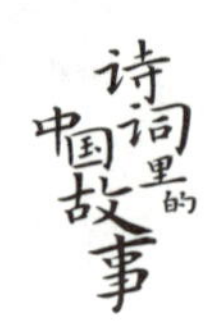

卜算子·我住长江头

宋·李之仪

我住长江头，君住长江尾。日日思君不见君，共饮长江水。

此水几时休，此恨何时已①。只愿君心似我心，定②不负相思意。

注音注释

① 已：结束。

② 定：此处为衬字。在词规定的字数外适当增加不太关键的字词，以更好地表达感情，叫作衬字。

原文翻译

我住在长江头，你住在长江尾。日夜想你却见不到你，我们共同喝着这长江水。

江水什么时候停止东流，别离的苦恨什么时候停止。只愿你我心心相印，不辜负这一番相思情意。

共饮长江水的爱情

李之仪在朝当官的时候，起初顺风顺水，与苏轼、黄庭坚、秦观等人关系很好。可是苏轼性情直爽，得罪了不少人，接连被贬，李之仪自然也受到牵连，再加上他得罪了高官，便被贬到了太平州。

李之仪来到太平州，见到了同样被贬的黄庭坚。黄庭坚设宴招待李之仪，还邀请了当地有名的歌女杨姝前来表演歌曲。杨姝像百合花的蓓蕾一样水灵，又像花丛中的蝴蝶一样楚楚动人，很快便吸引了李之仪的目光。

杨姝为两人弹奏了一曲《履霜操》，这首曲子讲的是伯奇被后母诬陷，最终被赶出家门，无奈投河而死的悲剧。曲调哀怨凄婉，又带着悲愤的情绪。李之仪和黄庭坚能听出杨姝是为自己打抱不平，深受感动。

后来，黄庭坚被调走，李之仪的生活更加艰难了。更不幸的是，李之仪的女儿及儿子相继去世，接着，与他相濡以沫四十年的夫人也撒手人寰。李之仪悲痛万分，跌落到了人生的谷底。

一日，李之仪垂头丧气地到酒馆喝酒，突然，遇到了一个熟悉的身影——杨姝！李之仪欣喜不已，同杨姝打了声招呼，而杨姝亦颔首微笑着回应。

在随后的日子里，杨姝时常陪伴在李之仪身边，用琴声安慰着他受伤的心灵。李之仪把她当作知音，接连写下几首描写听她弹琴的诗词。

一天天过去了，李之仪渐渐地振作起来，重新燃起了生活的希望。

这年秋天，李之仪携杨姝来到长江边。只见江水滚滚东逝，奔流不息，他的心中涌起万般柔情。他想对杨姝表达自己的心意，最后思索再三，以女性的口吻写下了这首《卜算子·我住长江头》。

杨姝读后，内心大为触动。两人坐在江边听着美妙的歌曲，吟诵着婉约的诗词，看着悠悠长江水载着无穷的别恨与相思，也见证着无数人永恒的友谊与期待滚滚向东流去……

作者

李之仪（约 1035—1117），字端叔，自号姑溪居士、姑溪老农。他才高八斗，学富五车，精通琴棋书画。代表作有《姑溪词》一卷、《姑溪居士前集》五十卷和《姑溪题跋》二卷。

长江

长江发源于青藏高原，向东注入东海，全长 6397 千米，是仅次于尼罗河和亚马孙河的世界第三长的河流。

写作小技巧

“此水几时休，此恨何时已”将滔滔不绝的江水和绵绵不绝的相思情结合在了一起。平时写作的时候，江水可以当作许多事物的喻体，如“话语就像江水一样滔滔不绝”。

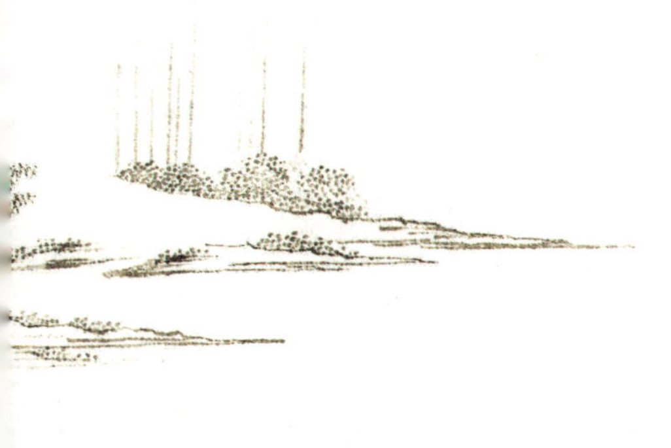

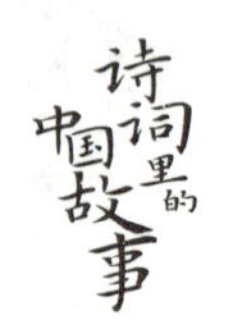

鹊桥仙·纤云弄巧

宋·秦观

纤云弄巧①，飞星传恨，银汉②迢迢暗度③。金风玉露④一相逢，便胜却人间无数。

柔情似水，佳期如梦，忍顾鹊桥归路！两情若是久长时，又岂在朝朝暮暮。

注音注释

① 弄巧：指云彩在空中变化多端。

② 银汉：银河。

③ 暗度：暗中渡过。

④ 金风玉露：指秋风和白露。

原文翻译

轻盈的彩云变化多端，流星传递着离别之恨，今夜我悄悄渡过那遥远的银河。在秋风白露的七夕相会，胜过尘世无数爱情。

绵绵不尽的情意像流水般温柔，日夜盼望的佳期如梦一样虚幻，分别之时不忍去看那鹊桥路。若是感情坚贞不渝，又何求长相厮守呢？

七夕夜，听秦观谈谈爱情

秦观自小聪慧，博览群书，本该在年少时求取功名，却到处旅游、玩乐，对科举不屑一顾，是有名的风流才子。到了中年，秦观发现日子日渐拮据，便开始规划人生。

幸运的是，秦观认识了苏轼，最终考中进士。在苏轼的引荐下，他得到了不错的官职，一时间春风得意，风光无限。

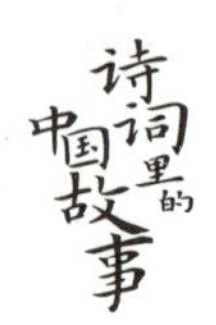

可好景不长，尔虞我诈的官场斗争变得激烈。秦观初出茅庐，又与苏轼交好，另一党便将焦点集中在他的身上，时常拿他开刀。这导致秦观夹在两党之间备受煎熬，便萌生了隐退的心思。

宋哲宗即位后，新党得志，苏轼门下的人接连被贬，秦观也遭遇多次贬谪，境况非常悲惨。在人生失意的时候，他经常外出散心，排解压抑的情绪，自然，也会遇到形形色色的人。

有一天，他被一阵优美的歌声吸引了。循声走去，只见一位歌女正哼着小调。她穿着淡绿衣衫，脸如白玉，颜若朝华，风姿绰约，容貌极美，黄鹂鸟一般的歌喉触动了秦观低落的心。

秦观年少风流，擅长写词，如今经历仕途坎坷，看尽人世沧桑，写下的爱情词更加缠绵悱恻，婉约动人。因此，他轻而易举地打动了姑娘。在接下来的一段日子，秦观与她谈天说地，共同度过了许多美好的时光。可没过多久，秦观又被贬到了更远的地方，两人只能依依不舍地告别。

七夕之夜，秦观仰望星空，他仿佛看到了数万只喜鹊如约飞出，搭成一座渡桥，让隔河相望、饱受相思之苦的牛郎织女再度团聚。他们执手相依，泪流千行，到了天明时分又不得不挥手作别。

秦观思念着远方的姑娘，心中安慰着自己：若是人世间的感情像牛郎织女一般长长久久，又何求朝夕相聚呢？只希望有一天再度重逢，互相诉说着彼此的情思。

作者

秦观（1049—1100），字少游，一字太虚，号淮海居士，别号邗沟居士，北宋婉约派词人。少年时，他常与苏轼共游，善诗赋策论，所作之诗得到了王安石的嘉赏，与黄庭坚、晁补之、张耒合称“苏门四学士”。

牛郎织女

“牛郎织女”为中国古代著名的民间传说故事。传说，天帝的孙女织女偷偷下到凡间，私自嫁给凡人牛郎，过上了男耕女织的生活。此事惹怒了天帝，责令他们分离。最终，他们坚贞的爱情感动了喜鹊，每年农历七月七日，无数喜鹊用身体搭成一道跨越天河的喜鹊桥，让牛郎织女在天河上相会。

写作小技巧

“两情若是久长时，又岂在朝朝暮暮”一句运用了反问的修辞手法，使语气更加强烈，感情更加真挚。写作时，我们可化用这句诗来写分别时对对方的勉励与安慰，如：只要两个人感情深厚，又何必每天都要见面呢？

摸鱼儿·雁丘词

金·元好问

问世间，情是何物，直教生死相许？天南地北双飞客[1]，老翅几回寒暑。欢乐趣，离别苦，就中更有痴儿女。君应有语：渺万里层云，千山暮雪，只影向谁去？

横汾路，寂寞当年箫鼓，荒烟依旧平楚[2]。招魂楚些何嗟及[3]，山鬼[4]暗啼风雨。天也妒，未信与，莺儿燕子俱黄土。千秋万古，为留待骚人[5]，狂歌痛饮，来访雁丘处。

注音注释

① 双飞客：大雁比翼齐飞。

② 平楚：这里指远远望去，树梢齐平。楚，是一种植物。

③ 何嗟及：悲叹也无用。

④ 山鬼：《楚辞》中的山神。

⑤ 骚人：诗人。

原文翻译

请问人世间，爱情究竟是什么，竟会令两只大雁生死相许？大雁在天南地北比翼双飞，多少个冬寒夏暑恩爱无比。在一起乐趣无穷，离别悲苦万分，竟比人间儿女更加痴情！此去万里，独自穿过千山暮雪，要往哪里飞呢？

这汾水一带，当年汉武帝出巡，总是箫鼓喧天，而今却是一派萧条荒凉。招魂也没用，山神枉自悲啼。飞雁的深情连上天也嫉妒，它们决不会像莺燕那般，死后化为尘土。千秋万代，它们留得美名，人们高歌饮酒，只为寻访雁丘故地。

直教人生死相许

乙丑年（1205），元好问去往并州赴试，在路上遇到一个捕猎大雁的人，元好问便与他聊天。猎人向元好问讲述说：“今天早晨我猎得了一只大雁，杀掉后，另一只大雁凄惨地鸣叫着没有离去，居然落地自杀了。”

元好问一听，为大雁的深情感到震惊，他感慨道：“世间的爱情究竟是什么，竟会令大雁为爱殉情？”

他想到曾经两只大雁在天空中比翼齐飞，无论经历怎样的困难与挫折，都形影不离，互相扶持。如今一只大雁死去，另一只孤孤单单，如何面对未来茫茫的路途呢？也难怪另一只大雁会落地殉情了。而人世间，又有多少眷侣亦是如此痴情呢？

想到这里，元好问感到十分悲伤。他买下大雁葬在汾水，垒起石头作为标志，取名为“雁丘”。

雁丘的故事流传出去，许多人都为大雁的悲壮殉情感到悲伤。无数人前往此地，写下哀悼大雁的诗文。元好问心中感慨不已：莺燕在树枝上鸣叫，它们死了以后便会悄无声息地化为黄土，终究不像忠贞的大雁一样为人所知啊！

作者

元好（hào）问（1190—1257），字裕之，号遗山，世称遗山先生，文学家、历史学家，是宋金对峙时期的北方文学代表，被尊为“北方文雄”“一代文宗”。

大雁的忠贞

大雁是有仁、有信、有情、有义的鸟类。它们总是成群结队地飞行，壮年大雁会照顾老弱病残之辈，不会轻易抛弃任何一只。大雁恪守一夫一妻制，总是成双成对，不离不弃，当一方死了，另一方到死也不会再找别的伴侣，所以大雁也象征着忠贞不渝。

写作小技巧

作者以丰富的想象，运用设问、拟人、对比等多种手法，描绘了大雁殉情而死的悲壮故事，表达了对感人至深的爱情的赞美。很多动物和植物都具有美好的品格，比如竹子的坚韧、梅花的傲骨、荷花的纯洁等，在写作时，由物写到人，感情表达上会更加委婉含蓄。